황금 모피를 찾아서

실크로드 시편

황금 모피를 찾아서

실크로드 시편

오세영 지음

문학사상

머리말

우리나라에는 없는 풍경이라서 그랬던 것일까. 나는 소년 시절, '사막'에 대한 어떤 막연한 동경을 갖고 있었다. 풀 한 포기 자라지 못하는 그 황막한 모래땅, 끝없는 열사熱砂의 지평을 외롭게 걸어가는 대상들의 행렬, 한순간에 모든 물상物象들을 지워버린다는 모래 폭풍, 현실이 꿈으로 채색된 그 허공의 신기루……. 이 같은 환영幻影들은 성인이 된 후 보았던 영화 〈모로코Morocco〉의 마지막 장면에서 마를레네 디트리히Marlene Dietrich가 사하라 사막을 혼자 터벅터벅 맨발로 걸어가던 모습에 투영되면서 언젠가 나도 필히 사막을 한번 건너가 보리라 다짐한 적이 있었다.

그 꿈은 헛되지 않아 1994년 52세 때 나는 우연히 한 신문사의 르포 취재팀에 편승해서 중국의 서역西域 지방을 여행할 수 있었다. 신장웨이우얼자치구新疆維吾爾自治區의 성도 우루무치烏魯木齊를 출발해서 지프로 타클라마칸 사막을 건너 파미르고원에까지 이르는 대장정이었다. 그 과정에서 나는 한 아름다운 조선족 여성 가이드로부터 타클라마칸 사막에 얽힌 여러 신비스러운 이야기들을 들었는데 그중에서도 특히 잃어버린 전설의 왕국 누란樓蘭과, 1,600년을 주기로 남북 100km씩 이동한다는, 방황하는 호수 로프 노르Lop Nor 이야기가 가슴을 설레게 했다. 그때 나는 마음속으로 중얼거렸다. 실크로드 전 구간을 답사해보리라. 신라新羅의 경주慶州에서부터 동로마의 비잔티움까지 그 시대의 사람, 그 시대의 마음이 되어 이 세계를 한번 체험해보리라.

이후 나는 때로 홀로, 때로는 배낭여행 팀에 끼어 실크로드를 걷는 나그네가 되었다. 1991년 일주일 동안 돌아다녔던 카자흐스탄을 필두로, 1996년 봄 보름은 터키를, 1999년 여름 열흘은 이란을, 2007년 가을은 티베트를, 2010년은 차마고도를, 2016년 가을 한 철은 인도(그 이전에도 이미 두어 차례 가본 적이 있었으나), 파키스탄, 키르기스스탄, 우즈베키스탄을, 2018년 가을 한 달은 아제르바이잔, 조지아, 아르메니아 등지를 둘러본 것 등이다. 이로써 실크로드 전 구간의 답사는 계획대로 이루어졌고 나는 그 여행 길에서 보고 느꼈던 것들을 시로 써 〈문학사상〉 등 국내 문학 정기간행물들에 틈틈이 발표하였다. 이를 한데 묶은 것이 본 시집이다.

사람들은 묻는다. 왜 고생을 일부러 사서 하느냐. 그러나 내게 있어 여행은 고생이 아니다. 오히려 기쁨이며, 놀라움이며, 충족이며, 새로움의 발견이다. 인간이란 원래 지적 호기심을 가진 동물, 무엇인가 '안다'는 것은 '본다'는 것, '본다'는 것은 곧 '깨우친다'는 것이다. 그렇다. 한 생은 나그네의 길, 그래서 문예학에서도 문학의 본질은 나그네의 원형상징voyage archetype에 있다고 말하지 않던가. 길이 있으므로 나는 그저 가보는 것이다. 하물며 그 길이 수만 년 전 우리 한민족을 해 돋는 동쪽으로 동쪽으로 이동시켜, 오늘의 한반도에 정착케 한 바로 그 성스러운 실크로 드임에랴.

훌륭한 그림을 실을 수 있도록 허락해주신 이종상 화백과 격조 높은 해설로 시의 위상을 높여주신 오민석 교수께 감사드린다. 시집의 제자를 써준 여덟 살배기 손자 오우재 군에게도 고마움을 표한다.

2021년 여름
농산재豐山齋에서 오세영

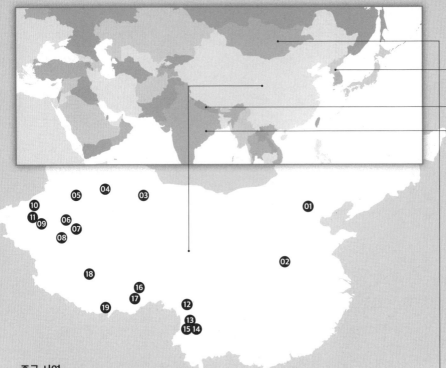

중국 서역

중국 티베트

한국

01 서울 : 수도
02 경주 : 〈경주〉
03 부여 : 〈낙화암 오르며〉
04 금산 : 〈칠백의총〉
05 온정리 : 〈눈 내리는 온정리〉
06 울산 : 〈반구대〉
07 고창 : 〈고창 지석묘〉

네팔

01 카트만두Katmandu :
　　수도, 〈스와얌부나트 스투파〉, 〈신神〉
02 포카라Pokhara시 페와호수Phewa Tal :
　　〈페와호에서〉, 〈푼힐의 일출을 바라보며〉

몽골

01 울란바토르Ulaanbaatar : 수도, 〈간단 사원에서〉
02 카라코람Kharkhorin : 〈강링을 불어보리〉
03 오르콘 강Orkhon : 〈오르콘 강가에서〉

인도

01 뉴델리New Delhi : 수도
02 바라나시Varanasi : 〈디야를 띄우며〉
03 사르나트Sarnath : 〈녹야원에서〉
04 아그라Agra : 〈타지마할〉
05 자이푸르Jaipur : 〈하와마할〉

파키스탄

- **01** 이슬라마바드Islamabad : 수도
- **02** 쿤자랍 패스Khunjerab Pass : 〈쿤자랍 패스〉
- **03** 투포단Tupopdan : 〈투포단〉
- **04** 훈자Hunza : 〈훈자에서〉, 〈가니쉬 마을〉
- **05** 자글로트Jaglot : 〈자글로트〉
- **06** 베샴Besham : 〈베샴 지나며〉
- **07** 탁실라Taxila : 〈잠자는 악공〉
- **08** 라호르Lahore: 〈라호르성〉

카자흐스탄

- **01** 알마티Almaty : 수도, 〈카레이스키 김치〉, 〈젠코브 러시아 정교회에서〉

키르키스스탄

- **01** 비슈케크Bishkek : 수도
- **02** 토루갓 패스Torugart Pass : 〈톈산에 올라〉
- **03** 타쉬라바트Tash-Rabat : 〈타쉬라바트에서의 하룻밤〉
- **04** 오뚝Ottuk : 〈오뚝 마을 지나며〉
- **05** 이식쿨 호수Issyk-kul : 〈이식쿨 호수에서〉
- **06** 오시Osh : 〈성산聖山 술라이만〉
- **07** 포크로브카Pokrovka(탈라스강Talas River) : 〈탈라스 강가에 앉아〉

아르메니아

- **01** 예레반Yerevan : 수도, 〈아르메니아 제노사이드 메모리얼〉, 〈에치미아진 대성당〉
- **02** 알라베르디Alaverdi : 〈알라베르디〉, 〈아흐파트 수도원〉
- **03** 세반호 Lake Sevan : 〈세반호 파도소리〉
- **04** 아라라트 산Ararat Mt : 〈아라라트산〉

조지아
01 트빌리시Tbilisi : 수도, 〈트빌리시에서〉
02 텔라비Telavi : 〈텔라비 지나며〉
03 시그나기Signagi : 〈니코 피로스마니〉
04 우다브노Udabno : 〈우다브노에서〉
05 스테판츠민다Stepantsminda : 〈카즈베기 오르며〉
06 고리Gori : 〈스탈린 생가 앞에서〉
07 메스티아Mestia : 〈우쉬굴리〉
08 바투미Batumi : 〈바투미에서〉

터키
01 앙카라Ankara : 수도
02 넴루트산Nemrut Dagi : 〈넴루트에 올라〉
03 데린쿠유Derinkuyu : 〈데린쿠유 동굴 도시에서〉
04 코니아Konya : 〈코니아〉
05 트로이Troy : 〈트로이 가는 길에〉
06 보스포루스해협Bosporus : 〈보스포루스 해협을 건너며〉
07 이스탄불Istanbul : 〈이스탄불〉

아제르바이잔
01 바쿠Baku : 수도, 〈머드 볼케이노〉, 〈아테쉬가에서〉, 〈메이든 탑〉
02 카스피해Caspian Sea : 〈카스피해에서〉
03 마라자Maraza(고부스탄Qobustan주) : 〈디리바바 영묘〉
04 샤키Shaki : 〈샤키 가는 길〉

이란
01 테헤란Teheran : 수도
02 자그로스산맥Zagros Mts : 〈자그로스 지나며〉
03 시라즈Shiraz : 〈페르세폴리스〉
04 야즈드Yazd : 〈침묵의 탑〉
05 아비아네Abyaneh : 〈아비아네에서〉
06 이스파한Isfahan : 〈이스파한〉
07 마술레Masuleh(이란 북서부의 아르메니아,
조지아가 합쳐지는 국경 근처의 라슈트Rasht 남서쪽 60km) :
〈마술레 마을〉

우즈베키스탄
01 타슈켄트Tashkent : 수도
02 사마르칸드Samarkand : 〈아프라시압 언덕에 올라〉,
〈샤히진다 대 영묘〉, 〈비비하눔 모스크〉
03 샤흐리삽스Shahrisabz : 〈샤흐리삽스〉
04 부하라Bukhara : 〈현인 홋자 나스레딘〉
05 히바Khiva : 〈히바에서〉

차례

1

해 뜨는 나라

— 한국 —

경주[1]

이 세상에서 태양을 숭배하고
스스로 태양의 후손이라 주장하는 자
적지 않으나
다만 이를 높이 우러러보기보다
차라리 함께 가까이 어울러 한 생을
같이 하려는 자
어디 흔하겠느냐.
《성서》에서도 에덴은
당신의 동쪽에 있다 했거늘
나 그 일족―族을
유라시아의 동쪽 끝 태평양이 만나는
바닷가에서 보았노라.
그들은 일찍이
신령스러운 알타이에서 발원하여
동으로, 동으로 빛을 좇아
끝 간 데 없는 그곳,
지구의 반 바퀴를 맨발로 걸어서 온, 일컬어
배달倍達의 민족[2]이라 하나니라.
그들은 빛으로 살고 또 빛으로 죽나니

살되 빛을 밝혀 이 세상의 무명無明을

내쫓았고

죽되 부끄럼 없이

그 삶을 마무리했음이라.

그래서 그 무덤에서조차 환하게 어둠을 밝히던

그들의 황금 왕관들[3]이 이를

말해주지 않더냐.

아아, 서라벌徐羅伐, 그 이름 같이[4]

이 지구상에서 맨 처음 태양이

떠오르는 땅.

일찍이 그들의 조상이 유훈으로 남긴

홍익인간弘益人間[5]의 가르침이여.

동방의 그 활활 타오르는

등불이여.[6]

1 경주慶州 : 지금의 한국Korea인 옛 신라新羅(B.C. 57 ~ A.D. 935)의 고도. 유적지는 유네스코 지정 세계문화유산으로 등재되어 있다.

2 배달의 민족 : 선사시대부터 한민족韓民族을 일컫던 용어로, '밝음'을 지향하는 민족이라는 뜻이다.

3 경주의 황남대총皇南大塚에서 발견된 5세기의 신라 왕관(황남대총북분금관皇南大塚北墳金冠,국보 191호)을 필두로 신라 고분들에서는 다수의 황금 왕관들이 출토되었다. 이는 세계에서 보기 드문 일로, 고고학계에 의하면 신라는 실로 '황금 왕관의 나라'라고 한다.

4 서라벌이란 원래 '해가 떠오르는 들(땅)'이라는 뜻이다.

5 홍익인간 : 5,000년 전 단군檀君이 한국 역사상 최초의 국가 고조선을 세울 때 국시로 내건 건국 이념, '널리 인간세계를 이롭게 한다'는 뜻이다.

6 인도의 시성詩聖 라빈드라나트 타고르Rabindranath Tagore(1861~1941)가 일제강점기 때 한국에 대해서 쓴 시〈동방의 등불〉의 한 구절. 시의 전문은 다음과 같다. "일찍이 아시아의 황금 시기에 / 빛나던 등불의 하나인 코리아 / 그 등불 다시 한번 켜지는 날에 / 너는 동방의 밝은 빛이 되리라."

낙화암 오르며

그 넋,

향기 되어 바람에 날려갔을까.

그 육신, 꽃잎 되어 강물에

실려 갔을까.

나 쉬엄쉬엄 낙화암落花巖[1]에 올라

그대 이름 서럽게 부르나니

산산이 부서진 이름이여.

허공 중에 헤어진 이름이여[2].

보이는 것은 다만 먼 하늘가,

옛 백제百濟 여인들의 치마폭 같은 그

오색 빛 채운彩雲,

들리는 것은 다만

계백階伯 오천 용사들[3]의 말발굽 소리로 우는

강물의 소용돌이.

그래서 더

서럽게 서럽게 그대 이름을 부르나니

그 넋, 향기 되어 바람에 날려갔을까.

그 육신, 꽃잎 되어 강물에

실려 갔을까.

아니야 그 향기 아직

고란사皐蘭寺 종소리에 떠돌고 있을지 몰라.

아니야 그 꽃잎 아직

백마강白馬江 수심 깊이 잠들어 있을지 몰라.

시나브로 영산홍 꽃잎 지는 어느 봄날,

나 잃어버린 백제를 찾아서

망연히 홀로 낙화암을 오르나니.

---

1 낙화암落花巖 : 옛 백제(B.C. 18 ~ A.D. 660, 고구려, 신라와 함께 존속했던 삼국시대
三國時代 한국의 고대국가들 중 하나)의 수도 부여扶餘의 백마강에 있는 절벽.
백제가 신라와 당나라 연합군에 의해 패망될 때 백제의 수천 여인들이
이 절벽에서 강으로 투신해 자살했다는 전설이 있다.

2 한국의 대표적인 국민 시인 김소월金素月의 〈초혼招魂〉에서 차용하였다.

3 신라가 중국의 당唐나라와 연합해서 공격해오자 백제의 계백 장군은
군사 5,000명을 이끌고 출전해 지금의 황산黃山벌에서 수 만 명 신라의
김유신金庾信 군대와 맞서 싸워 네 차례나 격파했지만, 안타깝게도 마지
막 전투에서 중과부적衆寡不敵으로 패배하였다. 백제는 이로써 사직社稷
을 잃었다.

칠백의총[1]

옛 현인은 일러 우리의 국토를

금수강산錦繡江山이라 불렀거니

금강錦江의 수려한 자태에

덕유德裕의 빼어난 용모를 갖춘 금산錦山은

국토의 정숙한 신부新婦.

그 신부 범하려고 몰려든 도적 떼

수만을 대적해서

아, 계사癸巳년 8월, 순결한 칠백 남아 목숨을

꽃잎처럼 버렸구나.

장렬하기도 할 진저.

아름다운 땅을 지킨 아름다운

주검들이여,

그대 한목숨이 전체이고 그 전체가 하나임을

한 무덤에 묻힌 칠백의 육신으로 능히

혜량할 수 있나니

해마다 봄이 되면, 금강은 보다 푸르고

덕유의 진달래꽃 더욱 고와라.

1 칠백의총七百義塚 : 1592년(선조宣祖 25년) 일본Japan이 조선을 침략하자 그해 8월 조헌趙憲이 이끄는 의병과 승장僧將 영규靈圭가 거느린 승병 도합 700명이 금산에서 왜장 고바야카와小早川隆景 등이 거느린 수만 왜군과 접전하여 전원 순국했으나 이 전투로 호서, 호남지방에 대한 왜군의 노략질은 일단 좌절되었다. 금산군 금성면錦城面 의총리義塚里에는 이때 순국한 의사義士 700명의 영령英靈이 합장合葬되어 있다.

눈 내리는 온정리

눈 내리는 온정리溫井里[1],

여기 모였다.

산과 들엔 온통 하얗게 눈이 쌓이고

눈에 길이 막혀

예서 더 갈 수가 없었다.

더 갈 수 없는 길목에서 우리는

강계江界 특산 백로주白露酒로 조금씩

눈시울을 붉히고

가끔 콧등을 시큰거리며

역사에 대해,

민족에 대해

낮은 목소리로 이야기를 나누었다.

세계사의 고단한 능선을 달려온

우리의 앞날은 순탄할 것인가.

지금 창밖엔 눈이 내리고,

휴전선 철책에도 눈이 내리고

마하연摩訶衍, 만폭동萬瀑洞, 장안사長安寺 빈 뜰에도 눈이 내리고

우리는 지금 아무 데도 갈 곳이 없구나.

만물상萬物相도,

구룡연九龍淵도 보지 못하고

옛 장전포長箭浦,

온정리 술집 한구석에 멍하니 앉아

아득히 눈시울만 붉히고 있다.

그러나

너무 서러워만 하지 마라.

철책선 넘어, 지뢰밭을 건너

그래도 지금 우리는 다시 만나고 있지 않은가.

눈 쌓인 숲길에서 사슴의 발자국을 따라

북의 그대는 조심조심 내려왔고

반짝이는 북극의 별을 좇아 남의 우리는

더듬더듬 올라오지 않았던가.

그대가 지고 온 평양平壤 메밀에

우리가 메고 온 전라도 동치미를 곁들인다면

앞으로 마련할 우리들의 그 축일 잔치는

얼마나 풍성할 것이랴.

누이야, 그날의 축제를 위해

오늘의 추위는 이로써 견디어내자.

잘 익은 김칫독 하나만은 남겨놓도록 하자.

온정리의 하얀 눈밭에, 서러운

서러운 눈물을 쏟아내기에는 우리

아직 이르다.

1 온정리 : 금강산金剛山 입구의 휴전선과 연해 있는 북한 땅의 소읍小邑.
 한국 분단의 상징적 장소다. 금강산은 세계에서 아름답기로 유명한 산
 들 중 하나다. 1999년 겨울 서울대학교 교수협의회에서 금강산을 방문
 한 적이 있다.

반구대

반구대盤龜臺[1]에 가면 돌 속에도
하늘이 있다.
돌 속에서 잠자는 멧돼지,
돌 속에서 뛰노는 꽃사슴,
돌 속에서 꿈꾸는 호랑이,
돌 속 세상에는 어디에도 어둠이 없다.
반구대에 가면
돌 속에도 바다가 있다.
돌 속에서 헤엄치는 물고기,
돌 속에서 짝을 짓는 돌고래,
돌 속에서 알을 낳는 거북이,
돌 속 세상엔 어디에도 죽음이 없다.
물이 죽으면 얼음이 되고
불이 죽으면 꽃이 되듯
억만년 세월이 죽으면 무엇이 될까.
울산시 울주군 언양읍 반구대,
영원으로 가는 문.
그 안에 살고 있는
만여 년 전의 그들을 본다.

시간은 죽지 않는다.

다만 굳어갈 뿐이다.

1 반구대 암각화盤龜臺 岩刻畫, Bangudae Petroglyphs : 울산蔚山광역시 울주군
  蔚州郡 언양읍彦陽邑 대곡리大谷里에 위치한, 세계에서 가장 오래된 암각
  화들 중 하나다. 신석기 시대와 청동기 시대에 걸쳐 암각된 것으로 이
  시기의 동물들과 이를 사냥하는 사람들의 모습이 생생하게 새겨져 있
  다. 유네스코 세계문화유산으로 지정되었다.

고창 지석묘

살아

영원한 사랑을 누릴 수 있다면,

죽더라도

그 사랑 영원히 함께할 수 있다면,

진실로 그 같은 사랑 하나 이 지상에서

가질 수 있다면

내 죽어

욕된 육신 그대와 함께

찬비, 모진 바람, 눈보라에 삭아간들 어떠리.

사랑으로 구원받은 우리의 영혼.

간혹 함께 손잡고 깨어나

흐리면 흐린 대로 맑으며 맑은 대로

봄밤엔 향그러운 꽃향기에 취하고.

여름밤엔 청아한 솔바람을 마시고.

가을밤엔 재잘대는 새소리를 듣고

겨울밤엔 하나 둘 별들을 세면서

그 무궁한 세월을 우리

같이 하리니.

살아 영원한 사랑을 누릴 수 없어

죽어서라도 그 사랑 영원하기를 바란다면 그대

고창군 아산면 매산마을 섬틀봉 기슭의

지석묘支石墓[1]에 가서 묻히기를……

천만 년 세월에도 금가지 않는 그 거대한

석벽石壁의 무게가

가녀린 그대 영혼을 지켜주리니.

---

1 지석묘支石墓 : 전라북도 고창高敞군 고창읍 죽림리竹林里와 아산면雅山面
   상갑리上甲里에 있는 청동기 시대의 대표적인 돌무덤군. 총 447기가 있
   으며 유네스코 세계문화유산으로 지정되어 있다.

2

타클라마칸 건너며

― 중국 서역 ―

진시황릉에 올라

차라리

태산泰山을 바다로 옮길 수는 있을지언정

불로장생의 그 불로초[1]만큼은 끝내

구할 수 없었구나.

무소불위의 힘과,

무비無比 무한無限의 기개를 가졌다는 그대.

이 세상 최초로

천하를 통일한 진秦나라의 시황[2],

황제 중의 황제.

나 오늘

중화인민공화국 산시성 시안[3]시 린통구

그대 무덤의 봉분에 올라 문득 묻노니

한 생의 권력이 가져다준 그

부귀영화 어떠했느뇨.

이생에서 가졌던 그것을 저생에서도 누리고자

수천 수만의 병마용[4]과 함께 죽음을

같이 했다만

인생은 본래 가는 것이 오는 것.

불로초란 기실

아름답게 사는 비법을 가리키는 말이 아니고
무엇이겠느냐.
아직도 누구는 그것이
극락정토 삼신산[5]에 있다 하고
누구는 또
바다 건너 멀리 탐라국[6]에 있다
하더라만.

1 불로초不老草 : 먹으면 영원히 살 수 있다는 신비의 약초. 삼신산 혹은
   탐라국(지금의 제주도)에서 자란다는 전설이 있다.

2 시황始皇 : 역사상 최초로 중국China을 통일한 진秦나라의 황제. 영원히
   살길 바랐던 그는 신하인 서시徐市(B.C. 255~?, 서복徐福 혹은 서불徐弗이라고
   도 한다. 제齊(지금의 산둥성)나라 사람)를 황해黃海 건너 동쪽의 탐라국으로
   보내 신비의 영약靈藥, 불로초를 구하게 하였다.

3 시안西安, Xian : 옛 장안長安, 중국 산시성의 성도. 한漢, 위魏, 서진西晉, 수
   隋, 당唐 시대의 수도이며 지금도 그 안에는 장안성長安城이 남아 있다.
   고대 중국의 수많은 유적이 산재해 있으며 그중에서도 진시황릉秦始皇
   陵과 병마용갱兵馬俑坑이 유명하다. 경주에서 출발한 실크로드의 중요
   거점이다.

4 병마용兵馬俑 : 중국 산시성陝西省 시안시西安市 린퉁구臨潼區에 있는 진시
   황릉 병마용갱의 부장품. 1974년 이 갱에서 진시황이 파묻은 약 1만 구
   의 도제陶製 병마용들이 발견되었다. 유네스코 지정 세계문화유산이다.

5 삼신산三神山 : 중국의 동쪽 바다를 건너 조선국朝鮮國(지금의 한국)에 있
   다고 여겨지던 세 개의 영묘한 산. 봉래산蓬萊山(금강산), 방장산方丈山(지
   리산), 영주산瀛洲山(한라산)을 말한다.

6 탐라국耽羅國 : 현재 한국의 제주도. 제주도에는 서시의 자취들로 추정
   되는 유적들이 아직도 곳곳에 남아 있다. 그가 도착했다고 전해지는
   금당포金塘浦(지금의 조천항朝天港) 바위에 새겨진 '朝天(조천, 도착한 다음날 아
   침 신에게 제사 지냈다는 뜻)'이라는 글자, 서귀포 바위에 새겨진 '徐市過此(서
   시과차, 서시가 지나갔다는 뜻으로 이 문귀는 해금강에서도 발견된다)'라는 글자 등
   이 그것이다. 제주도의 '서귀포西歸浦'라는 지명도 '서시 혹은 서복이
   (고향 땅으로) 돌아갔다'라는 뜻의 명문銘文이라는 설이 있다.

〈원형상_관계 Ⅲ〉, 수묵화, 212x162cm, 일랑 미술관 ©2006 이종상 All right reseved

우리 사는 곳
— 명사산鳴沙山에서

그렇지, 그렇지.

가위, 바위, 보 내기에 지치면

자네는 절뚝절뚝

삐쩍 마른 낙타 모습으로 명사산[1]을 오르고

나는 비틀비틀

수척한 당나귀 몰골로 월아천月牙泉[2]

물가를 찾았지.

거기엔

수면에 떠 가냘프게 흔들리는

예살라이野沙賴 꽃잎 몇 개.

빈 하늘 떠도는 한 마리

검독수리 그림자.

그리고 나를 응시하는 또 다른 내

눈동자.

자네는 무엇을 보았나.

매운 모래바람 정면으로 받으며

해를 굴리는 지평선 끝 사내를 보았나?

미이라 애절한 휘파람을 들었나?

둔황敦煌에서 쿠처庫車까지

사는 곳 타클라마칸塔克拉瑪干 저

삭막한 사막,

천년 누란樓蘭의 미인은

종적 없는데

자네는 한 마리 여윈 낙타 되어

절뚝절뚝 사구砂丘의 언덕을 오르고

나는 한 마리 바람난 당나귀 되어

비틀비틀

사구의 기슭을 헤매고.

1　명사산 : 간쑤성甘肅省 둔황시 남쪽 5㎞ 정도 떨어진 곳에 위치한, 모래
　　와 암반으로 이루어진 산이다.

2　월아천 : 명사산 자락에 있는 초승달 모양의 호수. 둔황팔경敦煌八景의
　　하나.

둔황석굴[1]

네 일생의 소원이 무엇이냐.
속인은 일러 혹
부자가 되는 일이라 하고 혹,
권력을 쥐는 일이라 하고 혹,
절세 미녀와 일생을
함께 사는 일이라 하더라만
이도 저도 다 틀렸다 오직
절대 자유에 드는 일이라고
주장하는 사람이 있더라[2].
내 우직한 판단에도 그럴 법해 보이나니
돈에 구속당하고,
권력에 구속당하고,
미녀에 구속당해 살기보다는 차라리
이 모든 것으로부터 초월해서 무애자재하게
살 수만 있다면 그 어찌
행복하다 하지 않겠는가.
실로 그것은
깜깜한 땅속에 묻혀 살던 굼벵이가
나비로 우화羽化하여 문득

푸른 하늘을 나는 이치, 혹은

암흑 속에서 줄탁啐啄으로 알을 깨고 나온 어린 새가

빛을 찾아 높이

비상하는 이치와 같나니

중국 간쑤성 둔황시의 막고굴,

네가 바로 그 고치이고 또

그 알이 아니었더냐.

1 둔황석굴敦煌石窟 : 중국 간쑤성甘肅省의 주취안시酒泉市와 둔황시敦煌市
   등지에 흩어져 있는 불교 동굴 유적들 중 둔황시 남동쪽 20㎞ 지점에
   있는 약 천여 개의 석굴 사원 군群, 그중에서도 세계 최대인 막고굴莫高
   窟(Mogao Caves, 천불동千佛洞이라고도 함)이 유명하다. 굴 안에 내장되어 있
   던 고문헌들은 중국의 고대 불교 예술 및 정치, 경제, 문화, 군사, 교통,
   지리, 종교, 사회생활, 민족 관계 등을 연구하는데 귀중한 자료를 제공
   해주고 있다. 727년 신라의 승려 혜초慧超(704~787)가 쓴 서역 기행문
   《왕오천축국전往五天竺國傳》(프랑스 국립박물관 소장)도 1908년 프랑스의 탐
   험가이자 동양학자인 포올 펠리오P. Pelliot가 여기서 발견한 것이다. 유
   네스코 지정 세계문화유산이다.
2 석가세존釋迦世尊의 가르침.

투루판¹에서

해는 해로 있고 달은 달로 있더라.
꽃도,
새도,
여우도,
뱀도
·········
그냥 있더라.

낙타는 방울 소리를 울리며
타박타박 그저 걸어가더라.
아무도 붙잡지 않더라.

기다림이 없는
그것이 사막이더라.

1 투루판吐魯番, Trufan : '아시아의 우물'이라고도 일컬어지는, 중국 신장
   웨이우얼자치구의 한 분지와 그 안에 있는 도시들을 통칭하는 말. 투
   루판 분지는 이스라엘의 사해死海(해저 392m), 에티오피아의 다나킬사
   막Danakil Desert에 이어 세계에서 세 번째로 낮은 평균 해저 145m의 저
   지대다. 그 중심부 아이딩호艾丁湖는 해저 154m에 자리하고 있다. 동서
   120㎞, 남북 60㎞, 면적 50,000㎢의 '불의 땅'으로 무덥고(여름 평균 기온
   46℃, 그 안에 있는 화염산火焰山은 81℃) 바람 많은 모래사막이라 속칭 화주
   火州, 풍주風州, 사주沙州라고도 불린다. 투루판시는 인구 60만 여명(2007
   년 통계)의 도시이며 신장웨이우얼자치구의 주도 우루무치에서 183㎞
   떨어진, 타클라마칸사막의 입구 투루판 분지에 있다.

누란미녀[1] 1
— 우루무치 박물관에서 한 아름다운 여성의 미라를 보았다

해 뜨고 해가 진다.

바람 불고 바람이 잔다.

뜨거운 낮이 가고 차가운 밤이 온다.

모래는 항상 모래다.

해가 지고 또 해가 뜬다.

바람이 자고 또 바람이 분다.

차가운 밤이 가고 또 뜨거운 낮이 온다.

모래는 항상 모래다.

사막은 죽음을 용납지 않는 땅,

누가 이런 곳을 가려 육신을 묻었던가.

가지런한 흑발, 석류石榴같이 하얀 치아,

복숭앗빛 고운 두 뺨,

나 오늘 누란[2]의 모래밭에서 2,000년 전의

오늘을 본다.

허무의 영원을 본다.

1 누란미녀樓蘭美女, Beauty of Loulan : 1980년 4월 1일 중국 위구르 사회과
학원 소속 무순잉穆舜英 등이 타클라마칸사막의 동쪽 끝 투루판분지(구
체적으로 누란 고성古城과 공작하孔雀河 북쪽 하류지역의 사이) 뤄창현若羌縣의 철
판하铁板河 강변 판허묘지板河墓地(일명 태양묘太阳墓)에서 발견한 이 지역
청동기 시대(B.C. 1.800)의 여성 미라. 신장 우루무치 박물관新疆維吾尔爾自
治區博物館 2층 고시관古尸馆에 보존되어 있다. 나이 40~48세, 키 152㎝,
O형의 피를 지닌 코카서스 인종(백인)으로 밝혀졌다. 사후死後 3, 4천여
년이 지났으나 긴 속눈썹, 피부와 모발, 의상, 심지어는 봉숭아 물을 들
인 손톱, 발톱까지 거의 손상되지 않은 온전한 상태로 발굴되었다. 머
리에는 당시 남편이 아내의 죽음에 사랑의 표시로 달아주는 해오라기
(황새) 깃털이 꽂혀 있었고, 직조된 털옷을 입었으며, 손에는 사막에서
자라는 약용식물 마황麻黃을 들고 있었다. 마치 살아있는 듯 평온한 얼
굴에 엷은 미소를 띠고 있어 '죽음의 모나리자'라고도 불린다.

2 누란 : 중국 신장-위구르新疆維吾爾, Xinjiang Uygru자치구自治區, 허텐花田,
Khotan 동쪽 900㎞, 타클라마칸사막 로프 노루Lop-Nor호수 서쪽 호반
에 위치하여 B.C. 3세기에서 A.D. 6세기까지 존속했던 고대 왕국. 문헌
상으로는 B.C. 176년 흉노匈奴가 한의 문제文帝에게 보낸 편지 속에 처
음 등장했으나 그동안 실체를 확인하지 못해 단지 '잃어버린 왕국'으
로만 여겨졌던 것을 1929년, 스웨덴의 지리학자 스벤 헤딘Sven Anders
Hedin(1865~1952)이 노벨재단의 후원을 받아 신비의 호수 로프 노르 근처
에서 우연히 그 유적을 발견해 세상에 알려졌다. 이 유적에서는 150건의
위진魏晉 시기 한자漢字 목간木簡, 소량의 카로슈티Kharosthi 문자와 한당漢
當 시대의 고대 화폐, 그리고 각종 비단과 조각품들이 쏟아져 나왔다. 당
시 인구가 2~3만 명 정도였을 이 왕국은 호숫물의 고갈과 이웃 흉노족
등의 침입으로 A.D. 4세기 전후에 멸망했으리라 추측된다. 실크로드는
여기서 톈산북로天山北路와 톈산남로天山南路의 두 갈래 길로 나뉘어진다.

누란미녀 2

말없이 미소 짓는 두 입술,
더 없이 평화스런 두 눈매,
희고 뽀오얀 우윳빛 피부.
아, 바보같이 천진하여라.
그러나 그녀는 진정 알았을까?
모두가 가서 살고 싶어 한 그
샹그릴라를.
사람들은
그곳이 쿤룬[1]에 있다 하더라만,
히말라야 동북쪽 맨 끝 땅 티베트
아니 남해 푸른 바다 아득히 출렁대는
탐라耽羅에 있다 하더라만
아직 아무도 찾지 못한 그 샹그릴라를
그녀는 정말 알았을까?
지금도 세상은 애증의 갈등, 기아와 학살,
억압과 착취로 들끓는 아수라장인데,
그래서 아름다움은
그 자체가 바로 죄가 되는 세상이기도 한데
그대 진정 그곳을 알지 못할 지면 어찌

그리 몇천 년을

천연덕스럽게 아름다울 수 있으리.

나 오늘 타클라마칸,

그 거친 모래밭에 앉아서 오늘 밤도

수천 수억의 별들과 눈 맞춤하고 있는

누란의 미녀, 그

죽음의 모나리자를 본다.

아아, 곱고도 편안하고 화사하여라.

---

1 쿤룬산맥崑崙山脈, Kunlun Mountains : 티베트 고지대에서 시작하여 파미
르고원Pamir Plat으로 이어지는 중국 서북부 약 3,000㎞ 길이의 산맥.
옥玉의 주산지이자 도교의 성산聖山이다. 중국인들은 이 산에 도교道敎
신화에 나오는 불사不死의 여왕 서왕모西王母가 살고 있다고 믿는다.

쿠처에서[1]

오아시스에서의 만찬은 항상
아름다워라.
백옥白玉의 별들이 반짝거리는
한 알의 석류와
빨갛게 태양이 이글거리는 수박과
노오란 달덩이 같은 난[2]과 그리고
몇 조각의 양고기.
비록 가난하지만 그대들이
배고픈 이교도를 위해서 차려준 한밤의
이 식탁은
정녕 우주로 돌아가는 제식祭式의 하나일지니
내 한 알의 석류를 먹어 별이 되고,
한 덩이 수박을 먹어 태양이 되고,
한 조각의 난을 먹어 달이 되리라.
그리고 남는 몇 점의 양고기는 희생의 제물,
당신께 바치는 내 마음의 아픔이오니
알라여,
생을 지기 위해 죄를 짓는
또 다른 한 생이 되지 않도록

죽으면 내 영혼 다시 이 지상으로

돌려보내지 마시기를……

---

1 쿠처庫車, Kucha : 톈산산맥天山山脈 남쪽 기슭 타클라마칸사막의 오아시
  스 도시로, 수바스蘇巴什 고성古城이 남아 있다.

2 난naan : 밀가루 반죽을 화덕에서 펑퍼짐하고 동그랗게 구워낸 빵. 아
  랍, 인도, 중앙아시아 지방 사람들이 주식으로 먹는다.

타클라마칸 건너며

멸망한 누란의 원혼이더냐.

사라진 흉노의 발악이더냐.

아아, 어디선가 들려오는 짐승 소리, 아귀餓鬼 소리,

지하에서 울부짖는 사자死者들의

고함 소리.

바람이 분다. 카라보란[1]이 덮친다.

호수가 둥둥 떠서 방황을 시작한다[2].

모래바람이 하늘을 향해 괴성을 내지른다.

사막이 곤추선다.

아아, 어디선가 다시 또 울려오는 노랫소리,

히히히 미친년의 웃음소리, 헉헉헉

웬 사내의 흐느껴 우는 소리,

유년시절에 들었던 외할아버지의 낮은,

글 읽는 목소리,

6·25 때 고막을 찢던 그 총포 소리, 비명 소리.

바람이 분다.

바르한[3]이 내 앞을 가로막고

유사하[4]가 뒤에서 뱀처럼 꿈틀거린다.

아아, 오늘도 어제와 다름없이

탐욕과 퇴폐로 저무는 하루,

이 세상의 멸망을 예고하는 것이냐.

이 시대의 종언을 축복하는 것이냐.

바람이 분다. 사막이 곧추선다.

모래밭 어디선가 불쑥

해골 하나 떨어져 나뒹군다.

나 그 해골을 이정표 삼아

타클라마칸⁵을 건넌다.

멸망한 누란의 원혼이더냐.

사라진 흉노의 발악이더냐.

1 카라보란Kara Boran : 흑폭풍黑暴風. 타클라마칸에서 부는 검은 모래폭
풍을 일컫는 현지의 말이다.

2 이동하는 호수 로프 노르 : 몽골어로 '많은 강물이 흘러드는 호수'라는
뜻이며 허톈 동쪽 900㎞ 지점의 타클라마칸사막에 위치해 있다. 한나
라 때 '뤄부포羅布泊'라 불리던 것을 음역한 것이다. 전설로만 전해지던
이 호수가 문헌상에 등장한 것은 사마천의《사기史記》와 청나라의 강
희제가 쓴《황흥전람도皇興全覽圖》이지만, 그 실체가 확인된 것은 오랜
세월이 지난 뒤 1899년 스벤 헤딘이 타클라마칸사막을 탐험하면서였
다. 이 호수는 일명 '방황하는 호수'라고도 불리는데, 그것은 이 호수로
유입되는 타림Tarim강이 그 바닥에 쌓이는 토사로 인해 1,600년을 주
기로 100㎞씩 남북 왕복 이동을 해왔기 때문이다. 그러나 불행히도 근
대에 들면서 호수의 물이 고갈되어 1962년에는 아예 지도에서 완전히
사라져버렸다. 이 로프 노르 서쪽 호반에는 전설적인 고대 왕국 누란
의 유적이 남아 있다.

3 바르한Barchan : 사구沙丘.

4 유사하流沙河 : 강물처럼 흘러 움직이는 모래 언덕. 카라보란이 불면 거
대한 모래 언덕이 강물처럼 움직인다.

5 타클라마칸塔克拉瑪干, TaklaMakan : 투르크어로 '한 번 들어가면 다시 나
오지 못한다'는 뜻을 지닌, 중국 신장웨이우얼자치구에 있는 사막. 서
쪽으로는 쿤룬산맥, 서북쪽으로는 파미르고원, 북쪽은 톈산산맥, 동쪽
은 고비사막에 둘러싸여 동서 길이 1,000㎞, 남북길이 400㎞, 면적 33
만㎢에 달한다. 내륙 지방이라 여름은 덥지만 그 외의 계절은 시베리
아 기단의 영향으로 비교적 기온이 낮다. 밤에는 춥고, 겨울에는 영하
20℃ 이하로 떨어지며 때로 눈이 오기도 한다. 실크로드 톈산남로는
투루판 입구에서 이 타클라마칸사막을 끼고 그 남쪽 쿤룬산맥 기슭으

로 돌아 투루판, 허톈, 예청叶城, Yechang, 야르칸드莎车, Yarkant로 이어지는 서역 남로와 사막 북쪽으로 천산산맥 남쪽 기슭을 돌아 투루판에서 쿠얼러库尔勒, Korla, 쿠처 등의 오아시스 도시로 이어지는 서역 북로로 나뉘어 달리다가 타클라마칸을 건넌 뒤 카스喀什, Kashi에서 다시 만나게 된다.

민펑¹에서

거칠고 황량한

타클라마칸사막이라 하더라만,

메마르고 쓸쓸한 고비사막이라 하더라만

내 보았나니

모래 속에 피어나서 화안하게 웃는 저 꽃들.

뤄퉈우초우, 지지초우, 홍류²……

어떤 것은

먼 지평선을 향해 등불을 켜 들고,

어떤 것은

푸른 별들을 향해 눈을 깜박이고, 또 어떤 것은

지나가는 낙타의 방울 소리에 소매 깃을 흔들어

내 오늘 타클라마칸사막에서

사막이 사막이 아님을 알았나니.

진정한 사막이란

서울이라는 어느 삭막한 도시의 뒷골목에서

홀로 드는 너의 술잔에, 눈동자에 있음을

내 이제 비로소 깨달았나니.

1 민펑民豐, Minfeng : 쿠처에서 시작된 사막 고속도로가 타클라마칸사막을 종단하여 다다른 남쪽의 오아시스 도시.

2 타클라마칸사막에 자라는 풀과 나무들. 뤄퉈우초우駱駝草(낙타 풀), 지지초우极箕草, 홍류紅柳(붉은 버드나무).

허톈[1]에서

그 유명한 쿤룬의 옥玉은
허톈의 강변에서 찾아야 한다.
굳이 캐자면
쿤룬에서도 얻지 못할 것은 아니지만
그런 까닭에 정과 끌과 망치로 조탁한 옥이
스스로 빛을 내는 저 하상河床의 그것보다
더
아름다울 순 없지 않은가.
몇천 년을 두고
쿤룬에서 발원한 강물과 함께
물에 씻기고, 돌에 갈리고, 흙에 닦여서
비로소 허톈의 강가로 흘러든
옥,
인간 또한 그렇지 않던가.
개성은 고독 속에,
성품은 세상의 대하大河에서 길러진다고.[2]

1 허텐花田, Khotan : 타클라마칸 사막 서남쪽 쿤룬산 기슭에 자리한 오아시스 도시. 쿤룬산에서 발원한 백강白江과 흑강黑江 두 강이 여기서 만난다. 쿤룬산에서 휩쓸려 오는 이 강물의 토사 속에 질 좋은 옥들이 섞여 있어 예부터 옥의 생산과 가공으로 유명한 지역이다.

2 괴테Goethe의 잠언.

예청에서[1]

서역의 오아시스는
사막에 뜬 백화나무[2]의 섬과
당나귀 방울 소리와
슈르파[3] 끓는 냄새.

하늘을 찌를 듯이 키가 큰 백화나무들이
일렬로 쭉 늘어선 모랫길을
딸랑딸랑
당나귀는 분주하게 이륜마차를 끄을고

서역의 오아시스는
사막에 드리운 백화나무의 푸른 그늘과
당나귀 우는 소리와
슈르파 끓는 냄새.

1 예청葉城, Yechang : 타클라마칸 서남쪽에 있는 사막 도시. 티베트와 파미르로 가는 두 길이 나뉘는 지점이다.

2 백화나무 : 자작나무라고도 한다. 모래바람을 막기 위해 마치 성벽처럼 사막과 오아시스의 경계에 심었다. 도시 안에도 이들 나무 이외 다른 수종樹種들은 거의 찾아볼 수 없다.

3 슈르파shurpa : 위구르인들이 즐겨 먹는 양고기 수프.

카스에서

하늘을 닮아

눈이 파아란 위구르의 계집애야,

피부가 눈같이 희어

마음이 어쩐지 슬플 것만 같구나.

휘어져 뻗는 손은 바람에 날리는

석류 꽃잎 같고

휘도는 허리는 하늘대는

예살라이¹ 꽃술 같다.

지금 네가 타는 오현금五絃琴의 리듬은

사랑의 가파른 상승곡조,

사막을 건너는 소낙비의 템포로

두 발은 재재발리 스텝을 차고 있다만

설령 내 눈이 네 시선을 맞추었다고 해도

고개를 돌리지 마라.

부끄럽기는 차라리 죄 많은 이 이교도異敎徒의 마음일지니

하늘을 닮아

눈이 파아란 위구르의 계집애야, 향비²의 딸아,

어쩐지 슬퍼만 보이는

서역의 색목녀³야.

1 예살라이野沙賴, yeshalai : 파미르고원의 들꽃

2 향비香妃 : 청나라 건륭황제가 사랑했던 위구르의 왕녀로, 태어날 때부터 온몸에서 아름다운 향기가 배어났다고 한다. 정혼한 연인이 있어 건륭황제의 사랑을 끝까지 거부하다가 자금성紫禁城에서 자살했는데, 그녀의 시신은 타클라마칸의 오아시스 도시 카스에 있는 향비묘香妃廟에 안치되어 있다.

3 색목녀色目女 : 신라 시대부터 우리 사서史書에서는 서역인 혹은 아랍인들을 색목인色目人, 즉 눈이 파란 사람들이라고 불렀다.

카스¹ 지나며

옛 이름은

카스가얼이라 하더라.

지금은 세상에서 잊힌 그 위구르의 땅.

카스.

딸랑딸랑,

포플러 가로수 길을 달리는 당나귀 방울 소리.

짤깍짤깍,

양털로 카펫을 짜는 향비의 베틀 소리.

타닥타닥,

바자르에서 양철판을 두드리는

장인의 망치질 소리.

피시지직,

화덕의 피로시키² 튀기는 소리,

꼴깍, 힌두쿠시를 넘어 서역으로

해 지는 소리.

백옥白玉을 캐러

쿤룬 허톈으로 갈꺼나.

쿠란을 얻으려 페르시아

이스파한으로 갈꺼나.

그것도 아니라면 불경佛經을 구하러

천축天竺 탁실라로나 갈꺼나.

옛 이름이 없어져 지금은

말조차 사라져버린 옛 위구르의 땅.

딸랑딸랑,

당나귀 방울 소리만 들리고.

짤깍 짤깍,

향비의 베틀 소리만 울리고.

1 카스喀什, Kashi : 옛 위구르의 지명은 '카스가얼喀什噶爾, Kashgar, Kaxgar',
   중국 신장웨이우얼자치구에 있는 인구 44만여 명(2007년 통계)의 오아
   시스 도시이자 타클라마칸사막을 건너온 톈산남로의 두 길, 즉 서역
   남로(타클라마칸사막 남쪽과 쿤룬산맥 기슭 사이로 난 길)와 서역 북로(타클라마칸
   사막 북쪽과 톈산산맥 남쪽 기슭 사이로 난 길)가 합류하는 동서 교역의 요충지
   다. 여기서 톈산남로는 다시 북으로 톈산산맥을 넘어 톈산북로(톈산산맥
   북쪽 기슭을 끼고 도는 길)와 합류, 키르기스스탄, 우즈베키스탄, 이란, 아제
   르바이잔, 조지아Georgia, 아르메니아 등을 거쳐 동로마 콘스탄티노폴
   리스(비잔티움, 지금의 이스탄불)로 이어지는 본 실크로드와 남으로 카라코
   람산맥을 넘어 파키스탄, 인도 쪽으로 가는 두 길이 분기分岐한다. 원래
   '카스가얼'이라 불렸고 대대로 위구르인들이 살아오던 땅이었으나 지
   금은 한족漢族이 지배하며 지명도 카스로 바뀌었다.
2 피로시키Pirozhki : 위구르인들이 즐겨 먹는, 기름으로 튀긴 만두.

아아, 파미르

불타는 땅 타클라마칸을 건너
칼 바위산 초르타크[1]를 넘어
얼음산 무스타거[2]를 올라
마침내 나, 파미르에 섰다.
해발 6,500피트,
위에서 굽어보는 세상은 어지럽기만 하다.
현기증과 두통과 무기력으로 지샌
고원의 하룻밤은 고달팠지만
실상 나는 뱃멀미에 시달리고 있었노라.
아, 파미르
거대한 시간의 호수.
예서 더 흐를 수 없는 시간의 쪽배에 앉아
내 지금 찰랑거리는 수면을 들여다보나니
과거, 현재, 미래라는 것이 이 얼마나
부질없는 말이뇨.
일찍이 서역을 정복한 고선지[3]가
백만대군을 거느리고 개선했던 고성, 스토우청[4]
그 폐허에 핀 봉숭아 꽃잎[5]이
눈물겹고나.

1 초르타크雀爾塔格, Chortaq산 : 타클라마칸의 오아시스 도시 쿠처에서 키질Kizil 석굴로 가는 길에 있는 거대한 암산. 흡사 수많은 칼들을 세워놓은 것 같은 모습이다.

2 무스타거慕士塔格, Muz Tagh Ata산 : 파미르고원Pamir Plat에 있는 해발 7,546m의 얼음산.

3 고선지高仙芝 : 당나라 장군이 된 고구려 유민. 당 현종玄宗(A.D. 747년) 때 파미르고원을 넘어 여러 차례 서역을 정복하였다.

4 스토우청石頭城 : 파미르고원의 타스쿠얼간塔什庫爾干, Tashikuergan,Tashkurgan 협곡을 지키는 산성山城으로 한나라 때 축조된 것이다.

5 파미르고원에는 봉숭아꽃이 많다. 우리나라에는 불교의 전래와 함께 실크로드를 따라 들어온 것이 아닐까.

3

카라코람 시편

— 파키스탄 —

쿤자랍 패스

한 모금 별빛을 마시러 왔더냐.

한 조각 달덩이를 따 먹으려 왔더냐.

굽이굽이 아슬아슬,

계곡과 벼랑을 타고 휘돌아 마침내 도달한

쿤자랍 패스[1].

색色과 공空의 경계를 가누는

해발 4,760m,

이승의 끝.

정작 붓다와 무함마드는 볼 수 없더라.

달과 별은 볼 수 없더라.

보이는 것은 다만 안개,

때 없이 불어쌌는 바람만 차더라.

쿠다바드[2] 여린 꽃잎들이

빙하수에 몸을 적신 채 파르라니 떨고 있는

이곳은

동과 서가 만나는 카라코람

쿤자랍 패스.

굽이굽이 아슬아슬,

계곡을 건너 비탈을 타고 올라

마침내 나 여기에 섰다.

얼얼하게

두 뺨을 갈기는 우박만 치더라.

귓불을 때리는 싸락눈만 치더라.

<hr>

1 쿤자랍 패스Khunjerab Pass : 일명 '피의 고개'로, 옛 실크로드의 한 갈
래. 중국의 카스(카스가얼)에서 파키스탄Pakistan의 탁실라를 잇는 교역
로가 반드시 넘어야 했던 카라코람산맥의 유일한 고개다. 예로부터 신
라의 승 혜초와 중국, 인도 승들이 인도와 중국을 오갈 때 목숨을 걸고
통과해야 했던 위험한 고갯길이기도 하다. 좁고 가팔라 사람이나 말만
이 겨우 다닐 수 있었던 이 옛길을 1966년 중국과 파키스탄 양국이 확
장하기 시작해서 1980년, '카라코람 하이웨이Karakoram highway'(여기
서 '하이웨이'란 고속도로가 아니라 높고 위험한 산길이라는 뜻)라 불리는 총 길이
1,200㎞의 2차선 자동차 도로를 완성시켰다.

2 쿠다바드Khudabad : 카라코람 메마른 사막의 바위산에 피는 들꽃. 꽃잎
은 푸른색 방울 모양이다

투포단

언뜻 보기엔

백제금동용봉향로百濟金銅龍鳳香爐에 조각된

그 봉래산蓬萊山의 첩첩 산봉 같더라만

풀 한 포기, 나무 한 그루 없는

칼 바위산,

메아리도 산 그림자도 어리지 않는

민둥 석산石山.

가슴에 품은 불덩이를 주체할 수 없어 사철

활활활 불길로 타오르고 있는 산.

거친 바람만 몰아칠 뿐이다.

뜨거운 열기만 가득할 뿐이다. 그래서

사람들은

그곳에 악마가 산다고 하더라만,

그래서 그곳엔 다만

눈표범만 산다고 하더라만

가슴에 불덩이를 안고 사는 자, 세상 어디

투포단¹ 뿐이랴.

그것은 침묵이 강요된 모든 것들의 가슴에도

예외 없이 타오르고 있는 것을……

돌도 바위도

활활활 불길로 치솟을 수 있다는 것은.

그리고 그 불길 하나하나가

첩첩 산봉을 이룰 수 있다는 것은

카라코람² 파수³,

투포단에 가서 보면 안다.

1 투포단Tupopdan : 카라코람산맥의 한 신비스러운 산봉우리. 하늘을 찌
  를 듯 서 있는 수천, 수만 개의 칼날 모양새, 혹은 활활 타오르는 불
  길 모양새를 한 봉우리들이 절벽처럼 우뚝 우뚝 서 있다. 정상은 해발
  6,106m. 옛부터 이 산에 한 번 든 사람은 다시 밖으로 나올 수 없다고
  하여 일명 '악마의 산'이라고도 불린다.

2 카라코람Karakoram : 인도의 잠무 카슈미르주jammu and Kashmir州 북부
  에서 시작해 중국과 파키스탄 국경까지 뻗친 산맥. '카라코람'이란 명
  칭은 이 고갯길이, 칭기즈칸이 살았고 후에 그의 손자 오고타이가 오
  고타이 한국汗國의 수도로 정했던 도시, 몽골의 '카라코람('검은 바위'라는
  뜻)'으로 통한 데서 붙여진 명칭이다.

3 파수Passu : 파키스탄 최북단의 훈자Hunza 지역과 국경의 소읍 소스트
  Sost 사이에 위치한 마을. 투포단의 입구이면서 투포단의 웅장하고도
  괴기스러운 경치를 가장 실감 나게 감상할 수 있는 지점이다.

훈자[1]에서

하필 사방 깎아지른 벼랑에
성채를 지었다.
고지高地 카림아바드 절벽을 딛고
위태위태 까치발로 서 있는 발티트[2].
해발 8,126m,
남쪽 낭가파르바트[3] 빙벽 너머에서 불어오는
봄 바다의 훈풍이 궁금했던 것이냐.
아니면
북쪽 다르먀니[4] 고봉에서 휘몰아쳐 오는
사막의 눈보라가 궁금했던 것이냐.
돌아보면 평균 표고 6,000m의
만년설로 뒤덮인 카라코람 대 장성長城.
비록 가냘프게 뚫린 실크로드를 따라
간간히 들려오는 대상隊商들의
바깥 헛소문이
아예 없는 것도 아니다마는
사시사철, 살구꽃, 복숭아꽃, 자두꽃 피고 지는
이곳이 바로
무릉도원武陵桃源이 아니고 무엇이더냐.

발티트,

기왕에 까치발로 서서 먼 설산雪山을

치어다 볼 양이면

차라리 레이디 핑거[5]가 가리키는 저

푸른 하늘을 우러러볼 일이니

하늘 아래 아름다운 곳이 이 말고

또 어디에 있으랴.

1 훈자Hunza : 파키스탄 연방통치 북부지구의 길기트Gilgit와 나가르Nagar
   사이, 고도 2,438m의 훈자계곡Hunza Valley에 자리한 은둔 지역 이름이
   다. 카림아바드Karimabad, 알리아바드Aliabad, 가니쉬Ganish 등 세 마을
   로 구성되어 있다. 옛날에는 왕이 통치하는 수장국首長國이었고 중심지
   카림아바드의 절벽에는 왕이 거주했던 발티트성이 아직도 남아 있다.
   주위는 라카포시Rakaposhi(7,788m)와 울타르Ultar(7,388m), 보야하구르 두
   아나시르Bojahagur Duanasir(7,329m), 겐타Ghenta Peak(7,090m), 훈자Hunza
   Peak(6,270m), 다르먀니(6,090m), 버블리마팅Bublimating(일명 '레이디 핑거,
   6,000m) 등 산봉우리들을 잇는 평균 6,000m 높이의 산맥으로 둘러싸여
   있다. 1980년 이곳을 가로질러가는 카라코람 하이웨이가 완공되기 이
   전까지는 세계 최장수 마을이었다.

2 발티트Baltit : 옛 훈자 왕국을 다스렸던 고성. 훈자계곡의 카림아바드
   언덕에 자리하고 있다.

3 낭가파르바트Nanga Parbat : 산스크리트어로 '벌거숭이Nanga 산Parbat'
   이란 뜻을 지닌, 히말라야 서쪽 마지막 봉우리. 해발 8,125m로 전 세계
   8,000m급 이상의 고봉 14좌 가운데 아홉 번째로 높다. 1953년 독일·
   오스트리아의 등반대원 헤르만 불Hermann Buhl(1924-1957)이 첫 등정에
   성공하였다.

4 다르먀니Darmyani Peak : 훈자계곡을 둘러싸고 있는 산봉우리들 중 하
   나, 해발 6,090m다.

5 레이디 핑거Lady Finger Peak : 카라코람산맥 훈자계곡의 바로 북쪽에
   위치하여 마치 검지를 높이 치켜들고 하늘을 찌를 듯한 모습으로 서서
   훈자마을을 굽어보고 있는 해발 6,000m의 산봉우리.

가니쉬 마을[1]

누가 여기에 천여 년의 시간을

고스란히 묻어 놨을까.

해발 7,788m. 라카포시[2] 산록의 발치,

훈자 나가르가 휘어 도는 계곡의 사타구니에

누가 이처럼 술독을 밀봉해서 숨겨 두었을까.

낮은 토담집,

진흙에 돌멩이를 굳혀 쌓아 올린

이 소박한 시간의 와이너리.

아, 그것은 천년의 세월을

시아도 수니도 아닌 이스마일이,

라마도 브라만도 아닌 붓다가

한데 어울러 숙성시킨 한 동이의

술.

짜이를 권하는 주인의 투박한 사기 찻잔에서는

오히려 잘 익은 오크 통 속의

포도주 향기가 난다.

어찌 그렇지 않을 수 있으랴.

천년을 하루같이 몸과 마음을 정결히 하여

바람과 별과 이슬로

이처럼 한세상을 잘 갈무리해

살아왔나니,

오늘도 이 마을의 아이들은

퐁당퐁당, 흐르는 빙하수氷下水에 몸을 던져

전생과 이생의 업을 깨끗이

씻고 있구나.

1　가니쉬Ganish 마을 : 훈자 왕국을 구성하는 세 마을들 중의 하나. 옛 실
　 크로드가 관통하는 길목에 위치하여 아직도 천여 년의 전통을 지키고
　 있다. 원래 원시 불교도들의 집단 주거지였으나 후에 이슬람으로 개종
　 되어 지금은 모두 이스마일파Ismailism를 믿는다. 유네스코 지정 세계문
　 화유산이다.

2　라카포시Rakaposhi : 카라코람산맥에 자리한 해발 7,788m의 웅장한 설산.

자글로트[1]

가파르게 흐르던 훈자 나가르가
돌연 멈춘다.
한바탕 거칠게 흐르던 길기트 격류가
여기서는 숨을 고른다.
모든 교합의 절정이 그렇지 않던가.
남과 여,
부딪혀 달아오른 두 심장의 맥박이
더 이상의 가쁜 고동을 참지 못하고 마침내
앗!
숨을 놓을 때
일시에 찾아 드는 그 죽음의 휴식,
그리고
그 후의 나른한 황홀.
서으로, 서으로 내닫던 히말라야가,
동으로, 동으로 치닫던 힌두쿠시가
만나서 한바탕 두 몸을 섞고 어우르다
쿵!
쓰러지는,
여기는 아시아의 편안한 침상.

훈자와 길기트,

두 몸에서 흐르는 체액이 마침내

서로 합치고 섞여

인더스강을 이룬다. 한 세상을 연다.

---

1 자글로트Jaglot : 카라코람 하이웨이가 거쳐 가는 북부 파키스탄의 한 작
은 마을. 히말라야산맥 북쪽 계곡에서 발원한 훈자 나가르강과 힌두쿠
시Hindukush산맥에서 발원하는 길기트강이 합류해 인더스강Indus R.이
되는 지점이다.

베샴[1] 지나며

싸울 듯 말 듯,
다툴 듯 말 듯
왁자지껄 웅성거리던 사내들이
나를 본 순간
일제히 말을 끊고 노려본다.
깊은 눈을 가진 사내들이다.
깡마른 얼굴에 유난히도 눈이
까만 사내들이다.

모두
맨발에 샌들을 신고
가운처럼 치렁치렁한 흰 옷을
발목까지 길게 늘어뜨렸다.

어디에도 여자는 없다.
여자 같은 것도 없다.
암캐도 없다.
거리에서도, 버스 정류장에서도, 시장에서도, 노천카페에서도
온통 흰 옷을 입은 사내들만 쏟아져 나와 저들끼리

참을 듯 말 듯,

저지를 듯 말 듯

손짓 발짓 떠들어대다가

갑자기 얼어붙어 뚫어져라 나를 째려본다.

주먹을 불끈 쥔 사내들이다.

검은 수염이 광대뼈까지 무성하게 자란

사내들이다.

내가 이방인이어서가 아니다.

여자가 없어서 그런 것이다.

여자 같은 것이 없어 그런 것이다.

1 베샴Besham : 카라코람 하이웨이가 인더스강을 따라 거쳐 가는 파키스
   탄 중북부의 소읍. 이슬람 원리주의자들이 사는 마을이어서 여자들의 외
   출이 엄격히 금지되어 있다. 시가지에서는 단 한 명의 여자도 만나기가
   어렵다. 밖에서는, 여자들이 해야 할 일도 모두 남자가 도맡아 한다.

잠자는 악공[1]
— 파키스탄의 탁실라 유적에서

혜초[2]는 보았을까.

테라코타 점토판에 비스듬히

앉아 있는 이 여인을,

점토판 모퉁이가 부서지고 닳아져서 지금은

온전히 볼 수 없는 그녀의

참 얼굴을,

혜초는 들었을까.

이 여인이 켜는 천상의 비파소리를,

피곤에 지쳐 살풋 잠이 든

그녀의 참 음성을,

그 어떤 상전이 대기하라 했는지

눕지 못하고 턱을 괸 채 졸고 있는 모습이

애잔하다.

다리를 꼰 채 의자에 비스듬히 기대앉아 있는 모습이

그래서 애처롭다.

잠 속에서 잠이 든 여인.

테라코타 꿈속에서 잠깐
환생을 즐긴 여인.

비천飛天일까. 보살일까. 비구니일까. 그도 아니라면
창녀일까.
보는 것이 보는 것이 아니고
듣는 것이 듣는 것이 아닌데,

혜초는 정말
그녀의 참모습을 보았을까.
보고 들은 것이 과연 그에게
보고 들은 것이었을까?
오늘이 아닌, 1,300여 년 전
그때 그 장소에서의
일이었으니까.

1 잠자는 악공樂工 : 기원전 5세기부터 기원후 5세기까지 약 천 년 간 번
   창했던 고대도시 탁실라Taxila의 유적. 그중에서도 기원전 3세기 아소
   카 대왕이 건립한 다르마라지카Dharmarajika의 스투파Stupa에서 출토된
   조각이 당시 간다라 미술의 전형을 보여준다(아소카 대왕이 축조한 동명의
   다르마라지카 스투파는 인도의 사르나트에도 있다). 현재 탁실라 박물관에 전시
   되어 있다.《왕오천축국전》을 보면 1,300년 전 신라의 승려 혜초도 이
   곳을 방문하여 '탁사국呬社國'이라 칭했는데 이로 미루어 그는 근처의
   자울리안Jaulian 사원에서 수행했을 것으로 추측된다. 현재 파키스탄의
   전 수도 라왈핀디Rawalpindi 북서쪽 35㎞ 지점에 있는 이 탁실라 유적
   은 유네스코 지정 세계문화유산이다.

2 혜초慧超((704~787) : 신라의 승僧. 일찍 당으로 건너가 광저우에서 남인
   도 출신의 승려 금강지金剛智, Vajrabodhi로부터 밀교를 배우고, 그의 권
   유로 722년경 바닷길을 타고 인도로 건너가 인도의 여러 곳을 둘러본
   후 오늘날의 파키스탄, 이란, 우즈베키스탄 등 중앙아시아 지역을 거
   쳐 727년 당으로 돌아왔다. 그가 저술한 여행기《왕오천축국전》은 마
   르코 폴로(1254-1324)의《동방견문록》, 이븐 바투타Ibn Battuta(1304-1368,
   모로코의 탕헤르Tanger에서 출생, 22세 되던 해부터 30여 년간 이집트, 시리아, 소어시
   아 ,아프리카 동부, 남러시아, 중앙아시아, 인도, 중국 등지를 여행한 뒤 이를 기록으로
   남겼음)의《여행기》(1356, 원 제목은《도시들의 진기함, 여행의 경이 등에 대하여 보
   는 사람들에게 주는 선물》), 현장법사玄奘法師(602-664)의《대당서역기大唐西域
   記》등과 더불어 세계 4대 여행기로 꼽히는데 1908년 프랑스의 폴 펠리
   오P. Pelliot가 둔황 막고굴에서 발견해 지금은 프랑스 국립박물관에 소
   장되어 있다.

라호르성[1]

사람들은 이 지상에서
가장 아름다운 궁전이라고들 하더라만,
아니다.
그대는 지상이 아니라 하늘에
궁전을 짓고 싶었구나.
황홀하여라. 발아래 흐르는 구름,
천정의 반짝이는 별[2],
사랑에 빠진 자는 누구나 사랑하는 이에게
하늘의 별도 따 바치겠다고
약속한다지만
무굴제국의 샤 자한왕,
그대가
아내 뭄타즈 마할에게 바친 그 거울 궁전.
별을 따오기가 그렇게도 어려웠던가.
그대의 권력은 차라리 이 지상으로
하늘을 끌어 내리는 일이 더
쉬웠을지 모른다.
그러나 돈을 탐하는 자, 금고金庫에 갇히고
권력을 누리는 자, 성城에 갇히듯

지상에 내려온 하늘은 이미 하늘이 아닌

감옥,

그대의 사랑도 이 지상에서는 한낱

감옥에 지나지 않았던가.

1 라호르성Lahore Fort : 파키스탄 동부 펀자브Panjab주 라호르 북서부 라
   비Rabi 강가에 있는 무굴Mughal 왕조의 궁전과 정원. 언제 축조되었는
   지는 분명치 않으나 고고학적 발굴에 의하면 그 기초는 적어도 A.D.
   1025년 이전에 다져졌던 것으로 보인다. 현재의 모습은 1241년 몽
   골군에 의해 파괴된 성을 1566년 무굴제국의 황제 악바르Akbar 대제
   가 다시 지은 것이다. 동서 424m, 남북 340m, 넓이 약 16ha의 거대
   한 면적에 21채의 궁전과 모스크, 성벽 그리고 아름다운 샬리마르 정
   원Shalamar Gardens 등이 배치되어 있다. 유네스코 지정 세계문화유산
   이다.

2 거울궁전Sheesh Mahal(쉬시마할) : 라호르 성채의 여러 궁전 가운데서도
   가장 아름다운 궁전. 1631년 무굴제국의 5대 황제 샤 자한이, 사랑했
   던 왕비 뭄타즈 마할Mumtaz Mahal이 '구름 위를 걷고 별을 갖고 싶다'
   라고 해서 바닥에 구름 문양을, 천정에 거울 조각과 보석을 박은 별들
   을 만들어 치장하였다. 궁전 안에는 또 대리석 건물 나울라카Naulakha
   파빌리온도 있어 서쪽으로 라호르의 고대도시를 멋지게 조망할 수 있
   다. 'Sheesh Mahal'이란 '거울 궁전'이라는 뜻이며, 'Naulakha'는 우르두어
   Urdu language(파키스탄어)로 9락lakhs, 즉 인도 화폐 90만 루피(1락lakh 10만
   루피)라는 뜻이다. 그만큼 고귀한 건물이라는 의미일 것이다.

4

고비를 넘어서

— 몽골 —

간단 사원[1]에서

울란바토르 간단테그치늘렌

라마교 사원 앞마당 동자불童子佛 옆에는

나무 기둥 하나 높이 하늘을 찌를 듯

서 있나니

그 기둥에 귀를 대고 속삭이는[2] 몽골인들의 모습

꼭 서울의 강남대로江南大路

공중전화 부스에서

사랑하는 이에게 전화를 거는, 다정한

사람들 같다.

그렇다. 이제 보니 그 기둥,

하늘로 가는 전신줄을 떠받치는 전봇대가

틀림없구나.

옛 우리 선조들이라면

신단수神壇樹나 당산목堂山木에다 당신들의

소원을 빌었을 터인데

아, 또 그렇구나.

우리 사는 시대는 21세기,

대도시에 어찌 신목神木이 있을소냐.

불현듯 나도 옛

그리웠던 사람의 목소리가 그리워

슬그머니 그 나무 기둥에 여린 귀를

대보나니.

1 간단 사원甘丹寺院 : 몽골Mongolia의 수도 울란바토르Ulaanbaatar에 있는
   몽골 최대의 라마교 사원. 정식 명칭은 '간단테그치늘렌Gandantegchinlen
   사원'으로, 몽골어로 '완벽한 기쁨의 위대한 장소'라는 뜻이다. 1838년
   몽골 제4대 라마 보그드 게겐Bogd Gegeen이 불사佛事를 시작해서 제5대
   출템 지그미드 담비잔찬이 완공하였다. 사원의 명물은 20톤 규모의 금
   동을 들여 조성한 높이 27m의 중앙아시아 최대 '관세음보살' 상이다.
   경내에는 법당 이외에도 승려들의 기숙사, 부설 불교 대학 등이 있다.

2 소원을 비는 기둥 : 간단 사원 앞마당에 세워놓은 높은 나무 기둥. 몽
   골인들은 이 나무 기둥에 새겨진 구멍에 자신의 소원을 빌면 무엇이나
   이루어진다고 믿는다. 인간과 신을 연결해준다는 샤머니즘의 우주목
   宇宙木이나 세계수世界樹, world tree혹은 그 변형이라 할 수 있을 것이다.

강링을 불어보리

카라코람 에르덴 조 사원[1]에는

세상 번뇌 적멸하는 108개

스투파[2]가 있고

그 불단佛壇 앞에는 또 수백 년이나 되는

강링[3] 하나 놓여 있나니

기쁠 때 그 피리를 불면

하늘에서 꽃비가 내리고,

슬플 때 그 피리를 불면

땅에서

안개 향이 피어난다 하나니라.

죄 많은 이 사바娑婆 중생 죽어 어찌

도솔천兜率天에

오를 수 있을까?

일찍이 이승의 환락歡樂에 노한 신이 하늘에서

지상을 연결하는 사다리를 거두어버린 후[4]

오직 이 피리 소리로 불러낸

청정 비구니의 그 순결한 영혼으로만

하늘에 닿을 수 있다 하나니

이제 여생이 오래지 않은 나,

올 부처님 오신 날에는 꼭

몽골의 카라코람 에르덴 조 사원을 찾아

불단 앞에 무릎을 꿇고 그 피리를 한번

불어보리라.

1 에르덴 조Erdene Zuu 사원 : 1586년 몽골 중앙의 평원, 옛 칭기즈칸의 도읍지 카라코람xapxopИн, Kharkhorin에 세운 몽골 최초의 라마교 사원. 한때는 100여 채의 사찰건물과 300여 채의 게르Ger에 천여 명의 승려들이 거주했다고 하나 지금은 거의 폐허에 가깝다. 사원은 108개의 스투파들을 연결해서 만든 정사각형 담장 안에 있다.

2 스투파Stùoa : 원래 불교에서 석가의 사리를 보존하기 위해 만든 일종의 부도浮屠를 가리키는 말이었으나 후에 변용되어 석가의 머리카락이나 치아, 보석, 귀금속, 경문, 경전 등의 법사리法舍利를 넣어 예배의 대상으로 삼는 불탑佛塔 혹은 불사리탑佛舍利塔을 일컫는 말이 되었다. 팔리Pali어로 '투파thupa', 스리랑카어로 '다가바dagaba(유골을 넣는 곳을 의미)', 영어로 '파고다pagoda(동양의 고탑, 상像, 종교건조물 등을 일컫는 용어)'라고 하는데 한국어 '탑'은 팔리어 '투파'에서 전래 변용된 단어다. 기원전 3세기, 인도의 아소카Asoka 대왕이 석가 최초의 8탑 중 7탑에 내장된 사리들을 분골分骨해서 인도 전역에 8만 4천 개의 스투파를 조성했다고 한다.

3 강링Ganlin : 라마교 의식에서 사용되는 일종의 피리로 고대 몽골에서는 사자死者의 뼈로 만든 것들이 많았다. 에르덴 조 사원에도 다수의 인골人骨 강링들이 있는데 그중 눈에 띄는 것이 18세 처녀의 대퇴골에 구멍을 내서 만든 것이다. 에르덴 조 사원 박물관에 전시되어 있다.

4 하늘 사다리 : 티베트, 몽골 등지의 라마 불교에서는 '하늘 사다리'에 관한 전설이 널리 퍼져 있다, 원래 신은 지상에서 하늘로 오르는 사다리를 인간계에 내려주셨고 인간은 필요할 때마다 이 사다리를 타고 하늘에 올라가 직접 신께 자신의 소원을 빌곤 했다. 그러나 세월이 흐르면서 인간이 점차 사악해지고 죄를 많이 짓게 되자 이에 분노한 신은 사다리를 걷어버렸다고 한다. 지금도 티베트, 몽골 등지의 라마교

사원이나 민간 가옥의 담벼락에는 종종 이 흰색의 사다리가 그려져 있다. 사다리를 타고 하늘(천국)로 오른다는 생각은 모든 종교에 보편화된 원형 상상력이기도 하다. 가령 기독교에는 야곱의 사다리Jacob's Ladder(히브리어로 'Sulam Yaakov')라는 것이 있다. 아브라함의 손자이며 이삭의 아들인 야곱은 부정한 수법을 써서 쌍둥이 형 에서Esau로부터 장자권長子權을 가로챘는데 이로 인해 형의 노여움을 입게 된 그는 하란Haran으로 도망을 쳤다. 그런데 어느 날 밤, 사막에서 돌 베게를 베고 잠을 자던 중 그는 꿈속에서 지상과 하늘을 연결한 사다리에 천사들이 오르내리는 장면을 목도한다.(《구약성서》〈창세기〉 28:10~12) 이슬람의 경우에도 천국은 사다리를 타고 오른다는 상상력이 있다. 뒤에 실릴 〈샤히진다 대 영묘〉 주석 참조.

오르콘 강가에서

흥안령[1]

옛 유목민족의 대제국

돌궐, 위구르의 비문[2]을 찾아 헤매다가 문득

지상으로 흐르는 은하수를 보았다.

햇빛에 글썽거리는 오르콘[3]강의

잔물결,

어제 밤하늘에서 반짝이던 그

좀생이, 샛별, 잔별, 여우별, 견우, 직녀,

개밥바라기……

모두 어디로 가서 숨었나.

언제 이 대초원에 내려와서

물망초, 구절초, 금강초롱, 술패랭이

에델바이스……

지천으로 피어났을까.

아아, 나 이제 비로소 알았거니

새벽녘,

시나브로 사라져버린 그 수많은 별들은 기실

지루한 대낮을

여기서 보내고 있었구나.

잊힌 제국

돌궐 위구르의 비문을 찾아 헤매는

몽골 고원에서의 하룻밤,

실은 이미 잃어버린

내 마음속의 별 하나를 찾아

헤매는 그 하룻밤.

1 흥안령興安嶺, Khingan : 중국 동북 지방(만주)의 대흥안령과 소흥안령을
  아울러 일컫는 말. 서쪽에서 북동 방향으로 달리는 1,200㎞의 산맥(대
  흥안령)과 북쪽에서 남동 방향으로 흑룡강黑龍江을 따라 달리는 400㎞
  산맥(소흥안령)으로 나누어진다. 대부분 고원 구릉丘陵 지대다.

2 돌궐突厥, Türk, 위구르維吾爾, Uygur의 비문碑文 : 6세기 초, 돌궐은 몽골
  오르콘강 유역의 초원지대에서 여러 부족들을 통합, 동으로 대흥안령
  에서 서쪽으로 오늘날의 우즈베키스탄에 이르기까지 중앙아시아 전
  역에 걸친 대 유목민 제국을 건설했는데 이 성립 과정과 자신들의 문
  화를 고대 돌궐문자로 기록한 비문들을 남겼다. 비석들은 당시 그들
  의 수도였던 지금의 아르항가이Arkhanga주 아이막Aimag, 카라코람
  Kharkhorin(하르호린) 등지에서 찾아볼 수 있다.

3 오르콘Orkhon강 : 몽골 중북부에 있는 강. 항가이Khangai산맥에서 발원,
  북동쪽을 거쳐 수흐바타르Sukhbatar 부근에서 셀렌게Selenge강과 합류,
  바이칼호로 흐른다. 길이 1,124㎞, 유역 13만 2,800㎢. 10월부터 4월
  중순까지는 결빙한다. 상류에 몽골제국 오고타이 한국의 수도였던 카
  라코람 유적이 남아 있다.
    2000년 늦여름 필자는 단국대학교 동양학연구소가 주관한 몽골 학
  술 조사단의 일원으로 몽골을 2차 방문해서 카라코람 지역의 돌궐, 위
  구르 고대 역사 유적지들을 탐사한 바 있다.

5

옴 마니 반메 훔

— 티베트 —

샹그릴라

안드로사케[1]일까,

그 흰 꽃.

옥시트로피스[2]일까,

그 분홍 꽃.

하얀 만년설을 머리에 인 매리설산[3]이

고즈넉이 굽어다 보고 있는 고원은 온통

노랑, 빨강, 자주, 분홍……

꽃들의 잔파도로 반짝거린다.

보기엔 아름답고 평화롭구나.

아, 히말라야 산록 비타하이호[4],

두루미는 한가롭게 물가를 노닐고

고삐 풀린 야크 떼 무심히 풀 뜯는데,

해 질 녘

은은히 들려오는 쑴첼링 곰파[5]의

둥첸[6] 소리.

비로소 마르크스 레닌의 이상理想,

지상천국이

이 땅에 실현됐다는 팡파르인가.

중화인민공화국

윈난성 장족藏族 자치구 샹그릴라[7]시,

공산주의 혁명으로

천국天國도 당黨의 지도를 받아야만 하는[8]

신중국新中國 80년[9]

저 무산계급의 유토피아.

1 안드로사케Androsace Lactea : 가냘픈 초록 꽃대에 다섯 개의 꽃잎을 피운 앵초과의 흰 꽃.

2 옥시트로피스Oxytropis Purpurea : 땅바닥에 고개를 숙이고 피는, 우리나라의 자운영 같은 분홍 풀꽃.

3 매리설산梅里雪山, Méilǐ Xuěshān : 중국 윈난성雲南省(운남성)에서 제일 높은 설산. 주변에 평균 높이 6,000m 이상의 봉우리 13개가 포진해 있어 해발 6,740m 높이의 주봉인 가와격박伽瓦格博은, 이름 자체도 티베트어로 '설산의 신'이라는 뜻이지만 13개 봉우리의 태자(태자십삼봉太子十三峰)라 불린다. 항상 많은 순례객들이 찾는 라마교의 성산이다.

4 비타하이碧塔海, Bitahai : 샹그릴라에서 서북쪽 7㎞쯤 떨어져 해발 3,538m의 고원에 위치한 길이 13㎞, 폭 1㎞의 호수. 티베트어로 '상수리나무가 지천인 호수'라는 뜻이다. 7~9월이면 설산의 녹아 흘러내린 빙하수와 하절기의 풍족한 강우로 호수가 되지만 10월부터는 물이 증발, 습지와 초지로 변신하며 매년 10월이면 검은목두루미, 시베리아흰두루미 등 다양한 철새들이 날아와 겨울 한 철을 보낸다. 호수 주변에 두견화가 만발하는 초여름이 최고의 절경이다.

5 쑹첼링 곰파松贊林寺, Sumtseling Gompa : 윈난성 최대의 티베트 불교 사원. 샹그릴라시 중심에서 5㎞ 떨어진 포핑산佛屛山에 있다. 라싸拉薩의 포탈라궁布達拉宮, Potala Palace을 축소한 모양이다. 티베트어 공식 명칭은 간덴Ganden 쑹첼링 곰파로, 간덴은 라마교의 '겔룩파', 쑹첼링은 '3명의 신선이 살던 땅', 곰파는 '사원'을 의미한다.

6 둥첸Dung Chen : 라마교 의식에서 사용되는 금관악기. '달마 트럼펫 dharma trumpet'이라고도 불린다. 긴 나팔 모양의 중간 마디에 금속 링을 채웠으며 주재료는 칠보Cloisonne와 놋쇠다. 악기들은 0.9m에서 4.5m까지 그 길이가 다양한데 길이가 길수록 낮고 두꺼운 소리를, 짧을수

록 높고 거친 소리를 낸다.

7 샹그릴라香格里拉, Shangri-La : 1933년 영국 작가 제임스 힐턴James Hilton
   이 자신의 소설《잃어버린 지평선Lost horizon》에서 쿤룬산맥에 있다고
   묘사한 라마교의 신비스런 이상향이다. 힐턴은 중앙아시아의 어딘가
   에 숨겨져 있다고 전해지는, 티베트 불교의 전설적인 왕국 '아갈타阿羯
   陀'의 수도 샴발라香色拉, Shambhala에서 발상을 얻어 이 소설을 썼다고
   하는데 '샴발라'는 산스크리트어로 '내 마음속의 해와 달', 즉 '평화',
   '고요한 땅'을 의미하는 말이다. 지금의 샹그릴라는 티베트 자치주의
   옛 위난성 중뎬현을 개칭한 중국 정부의 공식 행정구역 명칭이다.

8 중국 정부는 2001년 중뎬中甸, Zhongdian현의 공식 명칭을 아예 샹그릴
   라香格里拉로 개명하여 관광지로 개발하고 있다.

9 소위 '신중국新中國', 즉 오늘의 중화인민공화국은 마오쩌둥毛澤東, Mao
   Zedong과 그가 지도한 공산당에 의해 1949년 10월 1일 공식 건국이 선
   포되었지만 실질적으로는 중국 공산당이 창건된 1921년 10월 1일로
   보는 것이 일반적이다.

호도협

일찍이 어느 옛 불교 선사禪師는
일컬어 살불살조[1]라고까지 했거니
아버지를 버리고, 어머니를 버리고
마침내 집조차 뛰쳐나왔다 해서 그리
상심하지 마라.
모든 위대한 성취는
자신이 자라던 곳을 깨부셔
넓고 새로운 세계를 만나야만 이룰 수
있는 것,
모태母胎를 끊고 밖으로 나온 인간이 그렇고,
알을 깨고 하늘을 나는 새가 그렇고,
대양을 헤엄치는 물고기가 또
그렇지 아니하더냐.
히말라야 티베트고원에서 발원하여
이제 겨우 강다운 강이 된 삼강병류[2]의
그 진사강[3].
격류를 이룬
호도협[4]의 소용돌이치는 울음소리가 천지를
진동하구나.

우지 마라 강물이여.[5]

예서 히말라야를 버려야 비로소 너는

천하를 섬기는 장강[6]이 되느니.

위대한 나의 조국,

고구려를 건국한 주몽[7]도

대한민국을 건국한 이승만李承晩, 김구金九도,

일찍이 성년이 되자 모두

아버지를 버리고, 어머니를 버리고

그 태어난 곳을 단신으로 훌훌

미련 없이 떠나지 않았더냐.

1 살불살조殺佛殺祖 : 당나라 말기의 고승 임제臨濟 의현義玄의 법어法語. '부
처를 만나면 부처를 죽이고 조사를 만나면 조사를 죽이라'는 뜻이다. 혜
연慧然이 엮은《임제록臨濟錄》에 실려 있다.

2 삼강병류(싼장빙류三江幷流) : 티베트고원에서 발원한 진사강, 란창강瀾滄
江(메콩강의 상류), 누강怒江(살윈강Salween River의 상류로 누강은 미얀마를 거치면
서 살윈강이 되어 양곤에서 미얀마해로 빠진다) 등 세 강이 호도협에서 짐시 함
께 합류하는 현상. 세 강은 호도협을 벗어나면서 각자 헤어져 제 갈 길
로 가게 된다.

3 진사강(금사강金沙江) : 장강(혹은 양쯔강揚子江(양자강))의 주요 상류 중 하
나. 길이는 2,308㎞, 유역면적은 49만 500㎢다. 전체 장강 중에서 특
히 이 강의 발원지인 티베트고원에서 칭하이성靑海省(청해성) 남부, 윈난
성 등을 거쳐 민강岷江과 합류하는 쓰촨성四川省(사천성) 이빈宜賓까지의
구간을 가리키는 명칭인데, 상류에서 사금이 채취되어 이 같은 명칭이
생겼다.

4 호도협虎跳峽, Tiger leaping gorge(후타오샤) : 윈난성 리장麗江(여강) 북동쪽
60㎞ 지점, 진사강, 란창강, 누강 등 세 강이 삼강병류를 이루는, 위룽
쉐산玉龍雪山, Jade Dragon Snow Mountain(옥룡설산 5,596m)과 하바쉐산哈巴雪
山, Habaxueshan(합파설산 5,396m) 사이의 높이 2,000m, 깎아지른 벼랑이
만들어낸 좁은 대협곡. 약 16㎞의 구간이다. 사냥꾼에게 쫓기던 호랑
이가 격류 속의 바위를 딛고 한달음에 이 계곡을 건넜다 하여 붙여진
명칭이다. 리장에서 샹그릴라로 향하는 차마고도茶馬古道, Ancient Tea
Route의 길목에 자리 잡고 있으며, 차마고도 5,000㎞ 중에서 가장 아
름다운 구간이다. 페루의 마추픽추Machu Picchu, 뉴질랜드의 밀퍼드
Milford와 함께 세계 3대 트래킹 코스로 알려져 있다. 삼강병류와 더불
어 유네스코 지정 세계 자연유산이다.

5 호도협을 흐르는 삼강병류는 상류와 하류의 낙차가 170m에 이르러 강
  물은 그만큼 장대한 격류激流를 이룬다.

6 장강長江, Cháng Jiāng : 티베트고원에서 발원한 진사강이 여러 지류와
  합류한 뒤 큰 강이 되어 중원을 관통, 상하이上海(상해) 부근에서 황해로
  흘러드는, 유역면적 180만㎢, 길이 6,300㎞의 강. 중국에서 첫 번째, 세
  계에서도 세 번째로 긴 강이다. 일찍이 중국에서는 '하河'라는 글자는
  황하黃河(황허)를 가리키고, '강江'이라는 글자는 장강(창장)을 가리키는
  고유명사였다. 그래서 장강 남쪽은 강남江南, 장강 남부 동해안 지역은
  강동江東이라는 지역 명칭이 생겼다. 강이 워낙 길다 보니 장강의 상류
  는 진사강과 민강. 그 아래 지역은 '천강川江', 옛 형주荊州를 지나는 중
  류中流 지역은 '형강荊江', 그 하구河口 지역은 양쯔강이라고 구분해 부
  른다. 그런데 개항 이후 서구인들이 주로 상하이에 주거하며 장강 전
  체를, 자신들이 살고 있는 그 지역(상하이)의 명칭인 '양자강'으로 호칭
  하기 시작하면서 지금은 장강을 양자강이라고도 부르는 관례가 생기
  게 되었다.

7 주몽朱蒙 : 기원전 58년에 태어나서 기원전 19년에 사망한, 한국의 고
  대 왕국 고구려高句麗의 시조왕. 성은 고씨高氏다. 의탁하고 있던 동부여
  東扶餘의 금와왕金蛙王과 그 왕자들이 자신을 괴롭히자 가출해서 광대한
  영토의 왕국을 건설하였다.

옥룡설산¹

산은

물을 붙들고 싶어도

물은 산을 뿌리치며 제 갈 길을

가버렸구나.

한 번 가면 다시 되돌릴 수 없는 물을.

산아

그만 놓아주면 안 되겠니?

여자가 가슴에 원한을 품으면

오뉴월에도 찬 서리가 내린다는데

네 이마엔 항상

만년설이 쌓여 있구나.

중원中原으로 떠난 금사²는 이미

장강³이 된 지 오래,

몇 만 년이더냐.

홀로 그를 기다려 다른 누구도

받아들이기를 거부하는 히말라야의 처녀.

옥룡玉龍아,

이제 그만

마음을 풀면 안 되겠니?

푸른 달빛이 어리는 밤이면

네 뺨에서 흘러내린 눈물이 방울방울

떨어져

백수하⁴로 고이는 그 모습이

안타깝구나.

1 옥룡설산玉龍雪山(위룽쉐산) : 중국 윈난성의 나시納西족과 티베트족의 자
치현, 리장 서쪽에 있는 설산으로 히말라야산맥의 일부다. 최고봉은 해
발 5,596m의 샨지두扇子陡이며 워낙 험할 뿐만 아니라 나시족에게 성지
聖地로 숭모되는 산이어서 지금까지 어느 누구에게도 등정登頂이 금지
된 미답未踏의 처녀산이다.

2 금사金沙 : 진사강. 〈호도협〉 주석 참조.

3 장강 : 〈호도협〉 주석 참조.

4 백수하白水河 : 중국 윈난성 리장 위룽쉐산 동쪽의 람월곡藍月谷, blue
moon valley으로 흐르는 개천. 이 개천의 해발 3,000m 지점에는 인공호
수 경담호鏡潭湖가 조성되어 있는데 설산에서 내려오는 차가운 빙하수
가 옥빛을 띠고 있어 수면이 매우 아름답고 신비스럽다. '람월곡'이라
는 명칭은 제임스 힐턴의 소설《잃어버린 지평선》의 한 지명에서 차용
한 것이다.

차마고도[1]

늙은 노새 한 마리를 타고,

늙은 노새 한 마리를 끌고 위태위태

온종일 계곡을 기어올라

나 여기에 이르렀다.

차마객잔[2],

옥룡설산[3]을 마주 보는 대협곡, 합파산[4]

비탈길 28굽이를 돌아

저물녘에 들어서야 비로소 힘겹게 몸을 푼

호도협[5] 해발 2,860m의 수직

벼랑 끝.

발 아래 별이 뜨고, 발 아래 별이 지는 곳.

여창旅窓에 기대어 쩔렁쩔렁

바람에 실려 오는 마방[6]의 워낭소리를

듣는다.

문풍지 우는 소리를 듣는다.

서천서역西天西域 머나먼 인생의 길,

진사강을 건너 매리설산[7]을 넘어 내일은 또

얼마를 걸어가야 할꺼나.

터벅터벅

늙은 노새 한 마리를 타고,

절뚝절뚝

늙은 노새 한 마리를 끌고.

1 차마고도茶馬古道, Ancient Tea Route : 실크로드가 개설되기 훨씬 이전, 마
   방들을 통해 주로 중국의 차茶와 티베트의 말을 교역하던 옛 육상 무역
   로. 중국 서남부의 윈난성, 쓰촨성에서 티베트고원을 넘어 네팔, 인도
   까지도 이어졌는데 차 이외에도 자기, 비단, 소금 등의 물품과 파미르
   의 약재 등 지역 특산품들이 활발하게 교류되었다. 차마고도 5,000km
   는 대부분 해발 3,000~4,000m가 넘는 매우 험준한 산악 길이지만 그
   중에서도 아름다운 곳이 리장에서 ―샹그릴라의 길목이기도 한― 산장
   빙류의 후타오샤(호도협) 구간이다. 유네스코 지정 세계문화유산이다.
   〈호도협〉의 주석 참조.

2 차마객잔茶马客栈, Tea Horse Guesthouse : 입구 차오타우橋頭(리장 동북쪽 50km)
   에서 출발해 차마고도 산길 28밴드(28굽이)를 돌아 올라오면, 거의 수직
   에 가까운 1,000m 깊이의 호도협을 발아래 둔 하바쉐산 해발 2,670m
   높이의 비탈에 차마객잔이 자리하고 있다. 협곡 건너 코앞에 우뚝 마
   주 선 위룽쉐산과 이 두 산의 계곡 아래로 굽이치는 호도협의 경관이
   절경이다. 객잔이란 옛날 중국에서 주로 상인들이 이용했던 숙박시설
   을 가리키는 말로 차마고도에는 오늘날에도 하루 걸어 쉴 만한 장소에
   하나씩 설치되어 있다. 차마객잔은 그중 하나다.

3 옥룡설산(위룽쉐산) : 〈옥룡설산〉의 주석 참조.

4 합파산哈巴山(하바쉐산) : 호도협 계곡을 끼고 위룽쉐산과 마주 서 있는
   해발 5,396m의 산.

5 호도협 : 차마고도 길목, 샹그릴라 입구에서 시작되는 대협곡. 호랑이
   가 건너다녔다는 전설에서 붙여진 이름으로, 세계에서 가장 깊은 협곡
   중 하나다. 〈호도협〉의 주석 참조.

6 마방馬幫 : 말과 야크를 이용, 중국의 차와 티베트 지역의 말 등 물품을
   교역하기 위해 차마고도를 오가던 상인.

7 매리설산 : 중국 윈난성에서 제일 높은 설산. 〈샹그릴라〉의 주석 참조.

〈원형상_유아독존〉, 동유화, 75.3x75cm, 일랑 미술관 ©2006 이종상 All right reseved

포탈라궁에서

그 약속, 아무리 영원하다 해도

이 지상에서 이루는 사랑은 결국

허무한 것,

그 누구라도 할 수 있는 세간의

속된 사랑을 피해

그대는 하늘 아래 하늘보다 더 높은

궁전[1]을 지었구나.

송찬간포[2]

그대에게 사랑은

이 땅의 윤회를 벗어나

극락정토로 가는 밀교密敎였거니

침소는 마땅히 높은 곳에 두었어야 했으리.

창 아래 굽어보는 이 세상은

만다라曼茶羅.

동방의 하늘에서 내린 그 문성공주文成公主[3]는

다름 아닌 그대의

아름다운 비천飛天이 아니고

누구였더냐.

1 포탈라궁 : 시짱자치구西藏自治区의 수부首府 라싸시拉薩市(2015년 기준 인
구 약 90만 명) 북부 청관구城关区 마포일산玛布日山(홍산红山) 해발 3,600m
기슭에 있는 대규모 궁전 건축 군群. '포탈라'라는 명칭은 산스크리트
어 '포탈라카補陀落迦, potalaka(관세음보살이 사는 산)'에서 유래하였다. 7세
기 초 최초로 티베트를 통일하여 강대한 토번吐蕃왕국을 수립한 송찬
간포가 라싸에 도읍을 정한 뒤 641년 당 태종의 조카딸인 문성공주를
두 번째 황후로 맞이하기 위해 건축하기 시작한 것을 17세기 중반 달
라이라마 5세가 지금의 경관으로 완공하였다. 건물은 요새 모양의 외
관 13층, 실제 9층으로 되어 있고 규모는 전체 높이 117m, 동서 길이
360m, 총면적 10만㎡에 이른다. 벽은 두께 2~5m의 화강암과 기타 목
재들을 섞어서 만들었다. 건물 옥상에는 황금빛 궁전 3채, 그 아래로 5
기의 황금탑들이 세워져 있다. 유네스코 지정 세계 문화유산이다.

2 송찬간포松贊幹布, Sōngzàn Gànbù(617~650) : 티베트를 통일하여 불교를
받아들이고 그 영역을 지금의 중국 칭하이성青海省까지 넓혀 당시의 세
계 대제국이었던 당을 위협했던 토번吐蕃의 초대 황제. 그는 라싸에 포
탈라궁을 짓고 당의 문성공주를 황비로 맞이하였다.

3 문성공주文成公主, Wénchéng Gōngzhǔ(625~680) : 641년 송찬간포의 두 번
째 황후가 된 당 태종의 조카딸. 그녀는 시집을 오면서 당나라로부터
서적과 경전, 불상佛像, 씨앗 등과 함께 장인들도 데려와서 토번에 불교
문화를 크게 진흥시켰다. 지금도 티베트인들은 그녀를 '甲木薩(갑목살)'
이라고 칭하는데 이는 티베트어에서 '甲'은 漢(한), 즉 중국, '木(목)'은 여
자, '薩(살)'은 신선을 가리키는 말로, 곧 '중국에서 온 여신'이란 뜻을 지
녔다.

남초호에서

'경經'은 '경鏡'일지니
일찍이 세존世尊께서도
자신을 거울로 비쳐 보아 거기에
아무것도 없는 내(我)가 떠오를 때 비로소
깨달음의 경지에 이르른 것이라고
설하지 아니하셨더냐.
이 생 사는 동안 먹고, 마시고,
취하고, 누리기보다
마음을 거울처럼 닦고 또 닦아
명경지수明鏡止水 만드는 일이 이 무상한 윤회를
벗어나는 지름길이라는 것을
나 오늘 티베트의 녠칭탕구라산¹ 하下
남초²에서 새삼 되새기느니
그 뜻은 본디 하늘의 호수³라 하지만
주위를 순례하면서
하염없이 그 수면水面에 자신을 비쳐보는 저
죄 많은 중생들을 보아라.
그러니 이 또한
도솔천兜率天 높이 매달아둔 세상의 거울⁴이라 하지 않고 무엇이라 하겠느냐.

1 녠칭탕구라산맥念青唐古拉山脉, Niànqīngtánggǔlā Shānmài : 시짱자치구 중
  동부에 있는 산맥. 동서로 뻗어 있으며 서쪽에는 강디쓰산맥冈底斯山脉,
  동쪽에는 헝돤산맥橫断山脉이 둘러싸고 있다. 전체 길이 1,400㎞, 평균
  폭 80㎞이며 해발고도는 5,000~6,000m다. 녠칭念青은 티베트어로 '다
  음'이라는 뜻인데 이는 이 산맥의 규모가 탕구라산맥唐古拉山脉 다음 간
  다는 의미다. 주봉主峰 녠칭탕구라산봉은 해발 7,162m다.

2 남초호纳木措, Namtso Lake : 라싸 북서쪽 약 110㎞ 장베이고원藏北高原
  의 남동쪽, 녠칭탕구라산맥의 북쪽에 위치한 중국 제2의 염호鹽湖이
  자 세계에서 4번째로 높은 지대(해발 4,718m)에 있는 호수. 동서 간 넓
  은 곳이 70여㎞, 남북 간 넓은 곳이 30여㎞, 최저 수심 33m, 둘레 318
  ㎞, 총면적 1,900여㎢다. 호수는 푸른 수면에 사철 하얀 만년설로 덮인
  녠칭탕구라산의 주봉이 어리어 매우 아름답다. 마나사로와르玛旁雍错,
  Manasarovar호, 얌드록초羊卓雍错, yamdrok-Tso호와 함께 티베트의 3대 성
  스러운 호수, 즉 3대 성호聖湖의 하나다.

3 '남초'라는 말은 티베트어로 '하늘 호수天湖'라는 뜻이다.

4 불교의 《지장보살심인연시왕경地藏菩薩心因緣十王經》에 염라대왕閻羅大王
  은 사방팔방마다 거울을 달아두어 일체 중생의 업이 마치 바로 눈 앞
  에 펼쳐지는 것처럼 볼 수 있다고 하였다. 이를 업경대業鏡臺 혹은 업경
  륜業鏡輪이라고 일컫는다.

캄발라 패스에서

얌드록초[1] 가는 길,

카롤라 빙하[2]를 곁에 두고 해발 4,794m

캄발라 패스[3]를 넘다가

높은 장대 끝에서 휘날리는 오방색五方色

깃발들을 보았다.

청靑, 백白, 홍紅 황黃, 녹색綠色의 비단 천에

경문經文을 빼곡히 적은 그 룽다와 타르초[4],

바람을 타고 달리는 말이라는데

우리네 옛말로 말하자면

하늘을 달리는 파발마擺撥馬.

어디로 무엇을 전하러 가는 말일까.

그래서 타는 말은 하는 말이기도 한데,

그래서 문자는

바람에 실려야 비로소 말이 되는데

인생 또한 바람으로 숨을 쉬고

바람으로

숨이 끊기지 않던가.

옴 마니 반메 훔[5]

태어나 다만 먹고

새끼 치는 일로 보낸 이 사바 중생의

한 생을 신이여,

부디 긍휼히 여기소서.

1 얌드록초 : 라싸 서쪽 120㎞ 해발 4,441m 고지대에 있는 전갈yamdrok 모양의 염수호鹽水湖. 길이 130㎞, 넓이 70㎞, 둘레 250㎞, 깊이 30~40m, 면적 638㎢의 크기로 남초, 마나사로바와 함께 티베트의 3대 성호들 가운데 하나다. 이 호수의 여신이 최초의 티베트 왕비가 되었으며 호수의 물이 마르면 티베트도 망한다는 전설이 있다. '푸른 보석' 혹은 '선녀의 호수'라고도 불린다. 하늘을 가리듯 버티고 선 노진캉짱산乃欽康桑峰, Nojin Kangsang(7,191m), 장상 라모산Mt Jangsang Lamo(6,324m) 등 5,000~6,000m급 높은 산봉우리들과 가까이 카롤라빙천卡若拉氷川, Karola Glacier, 멀리 만년설로 뒤덮인 해발 7,200m의 카롤라산 등이 수면에 어리어 한 폭의 아름다운 그림을 만들어낸다.

2 카롤라 빙하卡若拉氷河, Karola Glacier : 캄발라 패스 뒤쪽으로 흘러내리는 카롤라산(7,200m)의 빙하.

3 캄발라甘巴拉 패스Kambala Pass : 라싸에서 암드록초 호수로 가는 길에 넘어야 하는 캄발라산(4,990m) 능선의 높은 고개(4,794m). 정상에 거대한 룽다와 타르초가 날리고 있으며 발아래에는 푸른 얌드록초 호수가 아름답게 펼쳐진다. 정면으로 해발 5,336m의 도낭 상와리산Mt. Donang Sangwari이, 오른쪽으로는 멀리 해발 7,179m인 노진 캉짱산Mt. Nojin Kangsang이 있다.

4 룽다Lungda와 타르초Tharchog : 엄밀히 말하자면 긴 장대 끝에 걸린 줄에 청靑, 백白, 홍紅, 황黃, 녹색綠色의 사각형 혹은 삼각형의 오색 천을 매단 것을 '룽다'라 하고 천에 라마경전의 경문들을 적어 만국기 같은 형태로 줄줄이 매달아놓은 것을 '타르초'라 하는데 일반적으로 뚜렷한 구분 없이 혼용하는 것이 예사다. 티베트어로 '룽Lung'은 '말馬', '다Da'는 '바람'을 가리키는 말이므로 '룽다'에는 부처의 가르침, 즉 '진리가 마치 말처럼 바람을 타고 세상 곳곳으로 퍼져나가 모든 중생들을 깨

우치기를 바라'는 염원이 담겨 있다. 룽다의 티베트식 오방색은 우주를 구성하는 5원소를 의미하며, 파란색은 하늘, 노란색은 땅, 빨간색은 불, 흰색은 구름, 초록색은 바다로 우주의 모든 것, 즉 생명의 근원과 신성神性을 상징한다.

5 옴 마니 반메 훔om mani padme hum : 라마교의 만트라로 '내 죄를 용서하소서(마음을 자유롭게 해 주소서 Forgive my sins)'라는 뜻이다. 만트라Mantra는 라마교에서 산스크리트어로 된 진언眞言을 가리키는 말로 '꽃 속의 구슬'이라는 의미를 지니고 있다.

라싸 가는 길에

라싸로 가는

중화인민공화국 공로 318길[1],

카쌍[2]에서

두 명의 남루한 티베트 사내들이

엎드려 온몸을 누여 절하고 다시 일어서

하늘에 합장하기를 반복하며

헤진 아스팔트 바닥을 한 발짝, 한 발짝씩

걷고[3] 있는 것을

보았다.

닳아 맨발이 드러나 보이는 솜빠[4]를 신고

누덕누덕 기운 추바[5]에 몸을 감싼

그 몰골이 흡사

흙 위를 기는 자벌레 모습이다.

길 떠난지 일곱 달 열 여드래

어디로 가는 것일까.

연변沿邊의 얄룽 창포[6]가

낮은 곳으로 낮은 곳으로 흘러 흘러

큰 바다에 이르듯

이 지상 그 어느 곳보다 높은 곳[7]에 사는 자들이

이 지상 그 누구보다도 가장 낮춰

도달하는 그 푸르른 하늘.

1 중화인민공화국 공로公路 318길 : 라싸Lhasa, 拉薩에서 히말라야산맥을
   넘어 네팔의 카트만두Kathmandu로 이어지는 도로. 우정공로友情公路,
   Friendship Highway라고도 불린다. 전설에 가깝지만 7세기경 네팔의 브
   리티크 데이비공주赤尊公主가 토번의 송찬간포에게 시집을 갔다는 그
   험준한 길을 최근 중국 정부에서 근대화된 도로로 개축한 것이다. 갸
   솔라 패스Gyatso La Pass(5,220m), 라룽글라 패스Lalung la Pass(5,050m) 등
   세계의 지붕을 넘는 전장全長 925㎞의 길이다.

2 카쌍卡桑, Kasang : 얄룽 창포강을 끼고 공로 318이 지나는 시가체日喀則와
   라싸 사이 연변沿邊의 소읍.

3 오체투지 삼보일배五體投地 三步一拜.

4 솜빠 : 가죽으로 만든 티베트의 전통 신발.

5 추바 : 티베트인들의 전통 옷. 비스듬히 흘러내린 옷깃을 앞으로 모아
   뒤쪽에서 맞대게 하여 허리띠를 졸라매 입는다.

6 얄룽 창포Yarlung Tsangpo강 : 히말라야 티베트고원에서 발원하여 중
   국 서남부를 휘돌아 인도, 방글라데시를 거치면서 브라마푸트라
   Brahmaputra강이 되고 하류에서 다시 갠지스강과 합류하여 인도양의
   벵골만으로 빠진다. 길이 2,906㎞, 유역면적은 약 93만㎢다.

7 티베트인들이 사는 티베트고원은 세계에서 제일 높은 해발 평균
   3,500~4,000m의 히말라야 고지다.

히말라야를 넘다가

시가체[1]에서
라체, 안바춘[2] 지나
간신히 갸솔라 패스[3]를 넘었는데
갑자기 하늘하늘
꽃잎들이 흩날리고 있었다.
그 하늘에서 나를 보고 손짓하시는
70여 년 전의 어머니.
초등학교 1학년 하교 시간
소복을 하신 채
창밖 운동장의 목련꽃 그늘 아래서
나를 기다리시던 꼭 그때 그 모습이다.
아가, 예서 그만 돌아가거라. 오지 마라.
어머니,
나는 전신으로 하늘을 날려다 그만
발을 헛딛고
정신을 잃었다.
어디선가 아스라이 들리는
독경 소리, 목탁 소리, 덜컹거리는
지프의 차 바퀴 소리.

생사를 가르는 히말라야 해발 5,520m의 능선,

갸솔라 패스의 한 외딴 마을, 팅그리[4]에서

산소통을 입에 물고 깨어난[5]

그 인생의 길.

나는 나비가 아니었다.

1 시가체日喀則, Xigazë : 인구 약 84만 명의 티베트 제2의 도시.

2 라체拉孜, Lhatzë, 안바춘安巴村, Anbacun : 카트만두 국경에 가까운 티베트의 소읍들로, 라체의 인구는 약 4만 명이다.

3 갸솔라 패스 : 히말라야를 넘는 우정공로에서 가장 높은 고개. 해발은 5,220m다.

4 팅그리老定日, Old Tingri : 히말라야 갸솔라 패스와 라룽글라 패스 사이, 네팔 국경 가까이에 있는 마을로 해발 4,390m 고도에 위치해 있다.

5 필자는 2,006년 초가을, 공로 318번 길을 따라 지프로 라싸에서 히말라야를 넘어 네팔의 카트만두로 가던 중 갸솔라 패스에서 그만 고산병으로 쓰려져 생사를 오간 적이 있었다.

6

본 것이
본 것이 아니고

— 네팔 —

스와얌부나트 스투파

스스로 타오르는 불은

온 천지를 환하게 밝힐지니

빛이 있어야

무엇이든 볼 수 있지 않겠느냐.

그러나 이 세상 보는 것 가운데서 가장

참답고 아름다운 심상心象은 꽃,

그래서 불꽃도 꽃이라 하고

꽃이 피는 것 또한 꽃눈이

튼다고 하느니

스와얌부나트 스투파![1]

그러므로 그대 이 세간世間 365계단 위에[2] 우뚝

연꽃의 자태로 서서

윤회전생輪廻轉生 시방세계十方世界를 두루 살피는 것

또한 예사로운 일이 아니었구나.

그러나 본다고 모두 보는 것은

아닌 것,

진정 본다는 것은

소리조차 눈으로 보는 것을 일컫는 말일지니[3]

우리가 부처의 양미간에 박힌 눈 아즈나[4]를

마음속 깊이 품어야 함도 바로

그 뜻 아니랴.

1 스와얌부나트 스투파Swayambhunath Stupa : 카트만두Katmandu 중심가로
   부터 서쪽 2km 지점, 네팔Nepal 히말라야 지역에서 가장 오래되고 영향
   력 있는 라마교 사원. 17세기 네팔의 프라탑 말라Pratap Malla왕이 건립
   하였다. 원숭이가 많이 살아 일명 '원숭이 사원'이라고도 한다. 유네스
   코 지정 세계문화유산이다.

2 스와얌부나트 사원은 입구에서 365계단을 걸어 올라가야만 도달할 수
   있는 언덕에 위치해 있다.

3 관음보살觀音菩薩이 그러하다.

4 아즈나ajna : 라마교의 부처님 얼굴에는 인간과 달리 두 눈 이외에도 양
   미간 사이에 제3의 눈 아즈나가 있다. 힌두교에서는, 인간의 몸에는 생
   명의 에너지(기氣)가 모이는 일곱 군데의 혈穴, 즉 차크라Chakra들이 있
   다고 하는데 그 여섯 번째 차크라에 해당하는 곳에 있는 눈이 '마음의
   눈' 아즈나다. 결혼한 인도 여성들이 양미간 사이에 붉은 점 빈디Bindi
   를 찍는 습관도 여기서 유래한 전통이다.

신神
— 쿠마리[1] 신전에서

다만 나를

마녀魔女라 부르지 않는 것이

다행이라면 다행, 그러나 너희가 굳이 나를

신神이라 부르고자 한다면

이제부터 나도 즐겨 너희들의

신이 되어주마.

그렇다. 내 누군가를 친구라 부르니

친구가 되고

아내라 부르니 아내가 되듯

누군가가 나를 '너'라고 불러주어야

내가 되느니

하늘이 그렇고, 땅이 그렇고

땅 위에 피는 꽃들이 모두

그렇지 아니 하더냐.

그러나 신은 '신'이라 불러서

신이 되는 것은 아니다.

진정한 신은 원래 이름이

없는 존재,

그 누구도 감히 무엇이라

이름을 붙일 수 없기 때문이니라.

그래서 자고로

없으면서도 있는 자[2], 그가 곧

신이 아니었더냐.

1 쿠마리Kumari : '쿠마리'는 네팔 왕실을 수호하는 힌두 여신 탈레주 Taleju의 화신을 지칭하는 것으로 '처녀'를 뜻하는 산스크리트어 '카우마리아kaumarya'에서 파생된 말이다. 18세기 네팔, 말라Malla 왕조의 마지막 왕인 자야 프라카시 말라Jaya Prakash Malla는 자신의 왕권을 오래 유지 시킬 목적으로 특별한 방식에 따라 어린 소녀 하나를 차출해서 '쿠마리'로 선포하고 신으로 숭배하기 시작했는데 이후 오늘에 이르기까지 네팔인들은 모든 교파를 초월해서 그녀를 전 국민적으로 신앙의 대상으로 삼고 있다.

'쿠마리'는 국가의 공식적인 여신이므로 가족과 떨어져 외부 출입이 금지된 사원에서 살아야 한다. 항상 빨간색의 옷을 입어야 하며 힌두신 '아그니耆尼, Agni'(고대 인도 신화에 나오는 불의 신)처럼 이마에는 '불의 눈'을 그리고, 이동할 때도 발에 흙이 묻지 않도록 가마를 타야 한다. 그녀가 유일하게 외부로 나올 수 있는 기회는 매년 7번씩 거행되는 네팔의 축제 기간뿐인데 가령 9월에 열리는 인드라 자트라Indra Jatra 축제 기간에는 —누구보다 먼저 무릎을 꿇고— 소원을 비는 국왕에게 손수 축복을 내린 뒤 수도인 카트만두 시내를 3일간 주유할 수 있다. 그러나 몸에 상처가 나서 피를 흘리거나 초경初經이 시작되면 부정을 탔다는 이유로 그 직을 상실한다.

2 유일신의 호칭인 기독교의 '여호와Jehovah'는 '스스로 있는 자', '나는 나다(I AM THAT I AM)'라는 말, 즉 '이름으로 불릴 수 없는' 혹은 '이름이 없는 신'이라는 뜻의 말이다. 그러므로 히브리 전통에서는 신을 호명할 때 이 '여호와'라는 명칭보다 일반적으로 보통명사 '주主, Lord'라는 단어를 고유명사화해서 사용한다. 십계명에도 '너는 네 하나님 여호와의 이름을 망령되게 부르지 말라'(《출애굽기》 20:7, 〈레위기〉 24:16)는 계명(세 번째 계명)이 있다. 고대 이집트 최고의 신 아몬Amon이라는 명칭도 '숨겨진 존재' 혹은 '알 수 없는 존재'라는 뜻이다.

페와호에서

옛 한국의 어느 선사禪師는

산은 산이요. 물은 물이라 했다지만[1]

어찌 산만이 산, 물만이

물이겠는가[2].

내 일찍이 이 의문 풀 길이 없어

오랜 세월을 고뇌하였더니

오늘 네팔국 포카라시 페와 호수[3]에 와서

드디어 물이 산이고 산이 물인 것을

보았노라.

명경지수 맑은 수면에

해발 6,998m 히말라야 고봉 마차푸차레[4]가

한 마리 물고기로 의연히

헤엄을 치고 있지 않은가.

자고로 여자는 물, 남자는 산이라 했느니

지혜로운 힌두 여신 시바가

'이 물에 꽃을 바치면 그 누구든

못 이룰 사랑이 없다'고 하신 말씀[5],

정녕

거짓이 아니었구나.

1 산은 산이요 물은 물이다山山水水 : 1981년 성철性澈 스님이 조계종 종정
宗正에 취임하실 때 내린 법어. "보이는 만물은 관음觀音이요 / 들리는
소리는 묘음妙音이라 / 이외에 진리가 따로 없느니 / 시회대중時會大衆
은 알겠느냐 / 산은 산이요 물은 물이로다"에서 차용한 것이다.

2 중국 송宋나라 때 선승禪僧 청원유신靑原惟信도 이와 유사하게 "지금 다시
보니 산은 산이요 물은 물이다(見山只是山 見水只是水)"라는 선시를 남긴
적이 있다. 그 전문을 인용하면 이렇다. "이 노승이 30년 전 아직 참선 공
부에 들지 않았을 때 산을 보니 산이었고 물을 보니 물이었다(老僧三十年
前 未參禪時 見山是山 見水是水). 그러나 나중에 여러 선지식을 친히 찾아뵙
고 가르침을 받은 후 보니 산은 산이 아니었고 물은 물이 아니었다(乃至
後來親見知識有個入處 見山不是山 見水不是水). 허나 진정 깨쳐 마음 쉴 곳 얻
은 오늘에 이르러 다시 그 예전의 산을 보니 산은 산이요 물은 물이다(而
今得居休 歇處 依前見山只是山 見水只是山)." 그러나 청원유신의 말은 성철스
님의 법어와 조금 다르다. 성철스님은 그냥 '산은 산, 물은 물……'이라
고 했지만 청원유신은 그 앞에 '내가 보니……'라는 전제를 달고 있기 때
문이다.

3 포카라Pokhara시 페와호수Phewa Tal : 포카라는 네팔의 수도 카트만두
서쪽 200㎞ 정도 떨어진 지점의 해발 900m 고지에 위치한 인구 약 19
만 명의 네팔 제2의 도시다. 그 남쪽에, 안나푸르나Annapurna산 등 히
말라야 설산에서 녹아내린 물이 형성한 면적 약 4.43㎢, 평균 수심 약
8.6m(깊은 곳은 약 19m), 최대 수량 약 4,600만㎥의 네팔 제2의 호수 페와
호가 자리 잡고 있는데 멀리 안나푸르나산이 보이고 수면에는 마차푸
차레산이 아름답게 비친다.

4 마차푸라레Machapuchare : 페와호는 수면에 어리는 마차푸차레(6,998m)
의 그림자로 유명하다. '마차푸차레'는 티베트어로 '물고기 꼬리'라는

뜻의 말로 그 산봉우리가 마치 물고기 꼬리 모양을 닮았다고 해서 붙여진 이름이다.

5 페와호의 작은 섬에는 시바Siva신의 부인의 화신化身, 바라히Barahi를 모신 힌두 사원이 하나 있는데 네팔인들은 이를 '혼인婚姻 사원'이라고 부른다. 이 사원에 닭이나 오리, 양羊 등을 공물로 바친 후, 경내를 한 바퀴 돌면 누구나 연인과의 사랑을 이룰 수 있다고 믿기 때문이다. 왕실에서도 혼인 서약만큼은 이곳에서 한다.

푼힐[1]의 일출日出을 보며

그래

꼭 그만큼의 거리를 두어야만

그처럼 아름답지.

막 떠오르는 햇살을 온몸으로 받아

찬란하게 빛나는 설산雪山.

그래

꼭 그만큼의 자리를 지켜야만

그처럼 순결하지.

막 세상을 여는 한순간의 정적을

눈부신 속살로 드러내는 설산.

안나푸르나[2],

내 너를 보러 여기 왔나니

이 지상

2천 5백여 개의 계단을 올라

비로소 참답게 보는

너.

그래

나와 너, 아니 이 세상은

꼭 그만큼의 거리와

꼭 그만큼의 자리를 지키는 것이

아름답지.

1 푼힐Poon Hill : 네팔 제2의 도시 포카라 서북쪽 60여km 지점에 있는 해
   발고도 3,210m의 산. 그 정상에서는 히말라야 6,000~8,000m급 고
   봉 다울라기리Dhaulagiri(8,167m), 안나푸르나 1봉(8,091m), 바라시카
   르Barashikhar(7,647m), 히운츌리Hiunchuli(6.441m), 안나푸르나 남봉
   (7,219m), 닐기리Nilgiri(7.061m), 마차푸차레(6,998m), 투쿠체 피크Tukuche
   Peak(6,920m) 등을 한눈에 파노라마로 감상할 수 있다. 특히 일출 시의
   히말라야 경관은 장엄하면서도 아름답다. '푼힐'은 '푼족의 언덕'이라
   는 뜻을 지닌 말인데 푼족은 다민족 국가인 네팔을 대표하는 종족이
   다. 산기슭에서 거의 낭떠러지에 가까운 경사면 2,500여 개의 계단을
   밟고 올라야 한다.

2 안나푸르나 봉 : 산스크리트어로 '수확의 여신'이라는 뜻을 지니고 있
   다. 네팔 히말라야산맥 중부에 줄지어 선 길이 55km의 고봉군高峯群들
   중 하나로, 포카라 북쪽에 위치해 있다. 특히 해발 8,091m의 제1봉은
   히말라야 14좌(8,000m 이상의 봉우리)에 들며 세계에서 열 번째 높은 산이
   다. 안나푸르나 제1봉은 1950년 6월 프랑스의 모리스 헤르조그Maurice
   Herzog(그는 이 등반에서 동상으로 손가락과 발가락을 잃었다) 등반대가 처음으
   로 올라 인류 최초로 8,000m급 히말라야 등정이 이뤄진 곳이다.

7

그 슬픈 사랑의
시 한 편

— 인도 —

디야¹를 띄우며

인생은 누구나
가슴에 불덩이 하나를 안고 산다는데
그 육신
미처 다 소진하지 못한 채 꺼져버린
마른 숯덩이를
마저 태우려고 찾아온 바라나시² 갠지스 강가
마니카르니카 가트³.
육신은 윤회의 짐이 되므로
미련 없이 불사뤄 벗어버려야 한다는데
난 아직도 눈이 어두워 이처럼
이승에 집착이 많은 한 생生.
한 자루 초에 불을 붙여 흐르는 강물에
띄운다.
아슬아슬 물결에 잠방대며,
팔랑팔랑 바람에 흔들리며
망망대해로 떠가는 가랑잎 위의 그
가물거리는
촛불.

1 디야Dia : 나뭇잎을 실로 꿰매어 배 모양을 만든 후 그 위에 장미나 금
   잔화 등 생화生花를 담고 그 가운데 불을 붙인 초를 꽂은 것. 힌두교도
   들은 이 디야를 갠지스강물에 띄우며 자신들의 소원을 빈다. 소원을
   적은 메모지를 그 안에 넣어두기도 한다.

2 바라나시Varanasi : 인도India 우타르 프라데시주Uttar Pradesh州의 갠지스
   강가에 있는 인구 약 120만 명(2011년 기준)의 도시. 인도인들이 가장 성
   스럽게 여기는 곳이다. 북쪽 10㎞ 지점에는 불타佛陀가 처음으로 설법
   을 하신 사르나트Sarnath(녹야원鹿野苑)가 있다.

3 마니카르니카 가트Manikarnika Ghat : 바라나시 갠지스Ganges 강가에서
   주로 사자들을 화장火葬하는 가트. 가트Ghat란 갠지스 강가에 설치된
   돌계단을 가리키는 말로 바라나시에는 갠지스강 서쪽 강변 6㎞에 걸
   쳐 84개의 가트가 설치되어 있다. 힌두교도들은 여기서 갠지스강물로
   목욕을 하면 모든 죄업이 물에 씻겨 사후 극락에 갈 수 있다고 믿는다.
   이 가트들 중에서 아침저녁으로 아르티 푸자Arti Puja(힌두교 예배의식)가
   거행되는 다샤시와메드Dashashwamedh 가트와 큰 화장터가 있는 마니카
   르니카 가트가 특히 유명하다.

녹야원[1]에서

최초로
당신이 설법을 하셨다는
그 언덕,
아래 연못에서 당신이 꺾어
푸른 하늘로 들어 보이셨다[2]는
연꽃,
열반하신 후
위대한 아소카 대왕[3]이 지어
당신의 사리를 모신 다르마라지카 스투파[4]와
그 정원에서 뛰놀던
500여 마리의 사슴 떼[5],
지금은 남아 있는 그 어떤 것도
없구나.
무상한 세월이더냐.
아니다. 이 세상
이름을 가진 것치고 실재實在하는 것은
아무것도 없나니
실재도, 실재 아닌 것도,
실재 아닌 것의 아닌 것도, 실재라는 말도

없나니

부처를, 아버지를, 또 나를 죽이지 않고[6] 여길

찾아오는 자,

결코 그

연꽃을 볼 수 없으리.

1 녹야원鹿野苑, Sarnath, 사르나트 : 석가가 깨달음을 얻고 부처가 되어 처음으로 설법을 전한 불교의 성지. 바라나시에서 갠지스강을 따라 북쪽 13km 지점에 있다.

2 부다가야Bodh Gaya에서 깨달음을 얻은 석가모니는 우선 함께 정진했던 다섯 도반道伴들을 불러 그가 깨달은 '사성제四聖諦'와 '팔정도八正道'에 대해 최초의 설법을 하셨다. 그러나 그들은 부처의 설법을 듣고서도 — 비록 이해하기는 했지만— 깨달음에까지 이르지는 못하였다. 이에 부처는 언어의 한계성을 깨닫고 연못에 피어 있는 연꽃 한 송이를 꺾어 허공에 비추셨다. 그러자 그 순간 무리 가운데서 오직 가섭존자迦葉尊者 한 분만이 비로소 홀로 깨달음을 얻어 그 기쁨을 부처님을 향해 빙긋 웃는 웃음으로 전해드렸다. 부처께서도 즉시 그 의미를 아시고 가섭존자를 바라보며 미소를 지으셨다. 소위 염화시중拈花示衆의 미소가 오간 것이다. 이를 부처의 팔상八相 가운데서 '초전법륜初轉法輪'이라 이른다.

3 아소카 대왕阿育王, Asoka(B.C. 269(272?, 혹은 273?)~B.C. 232) : B.C. 3세기 인도 대륙에 최초로 통일 대제국을 건설한 마우리아Maurya 왕조의 제3대 왕. 인도의 정치, 군사, 문화 등 제 분야에 꽃을 활짝 피우고 불교 역시 크게 진흥시킨 위대한 군주였다.

4 다르마라지카 스투파Dharmarajika Stupa : 아소카왕이 부처의 성지들을 순례하다가 부처가 최초로 설법한 장소 사르나트에 세운 스투파(파키스탄의 탁실 유적에도 아소카 대왕이 세운 동명의 스투파가 있다). 아소카왕은 사르나트에 이외에도 부처를 숭모하는 다메크 스투파Dhamek Stupa와 거대한 석주石柱, 불상, 불교사원, 불교 학교들을 건립하였다. 하지만 13세기 전후 이슬람교도와 힌두교도에게 유린되어 지금은 남은 것이 거의 없다. 다만 상단부가 사라진 기단부 직경 약 28m, 높이 약 42m의 다메크Dhamekh탑과 부러진 석주가 남아 있을 뿐이다. 다르마라지카 스투

파 역시 모두 파괴되어 기단 부분만 겨우 그 흔적을 보여주고 있다. 아소카왕은 또한 부처의 사리를 모신 최초의 8탑 중 7탑의 사리를 분골分骨해서 인도 각지에 8만 4,000개의 스투파를 조성했다고 한다.

5 사슴 떼 : 사르나트 즉 녹야원은 그 지명地名의 뜻 그대로 부처님 당시에 많은 사슴들이 뛰놀던 곳이었다.《출요경出曜經》에는 다음과 같은 이야기가 전해진다. 옛날 이곳에는 1,000마리의 사슴 떼가 살고 있었다. 그런데 바라나시의 마하라자Maharaja(지배자)는 유독 사슴 고기를 좋아해서 매일 무차별적으로 사슴들을 사냥해 잡아 죽였다. 사슴들은 이를 견디기가 어려웠다. 그래서 하루는 그 사슴 떼의 왕이 마하라자에게, 자신들이 매일 순서를 정해 스스로 한 마리씩 죽어줄 터이니 무자비한 사슴 사냥을 중지해달라고 호소하였다. 그러던 어느 날, 그 날의 순번에 해당하는 사슴이 마침 임신한 암사슴이었다. 사슴 떼의 왕은 그 임신한 사슴을 도저히 마하라자에게 바칠 수 없었다. 그래서 고민 끝에 그 암사슴 대신 자신의 목숨을 내놓았다. 이에 감동한 마하라자는 자신의 잘못을 크게 반성하고 더 이상 그 같은 악행을 저지르지 않게 되었다고 한다. 이 사슴 떼의 왕이 곧 전생의 석가모니(싯다르타)였다는 것이다.

6 살불살조殺佛殺祖 :〈호도협〉의 주석 참조.

타지마할

사랑을 위해선

왕관도 옥좌도

모두 초개같이 버렸구나.

무굴제국 제5대 샤 자한 왕[1],

그러나 이 지상에서의 사랑은

누구에게도 영원할 수

없는 것,

그래서 그대는 그대의 사랑을

덧없이 바람에 흩날리는 종이 위에

문자文字로 쓰기보다

인도 대륙의 가장 단단한 반석 위

가장 단단한 돌에 새기고자 했던가.

아그라 성 남쪽 한 언덕에 고즈넉이 서서

오늘도

무심히 흐르는 자무나의 저녁 강물에게

조용히 시 한줄을 읊조리고 있는

타지마할[2].

대리석과 보석으로 쓰여진

그 슬픈 사랑의 시 한 편.

1 샤 자한Shah Jahan왕(1592~1666) : 타지마할, 붉은 궁전Red Fort, 자마 마스지드Jama Masjid, 라호르성 등 여러 호화스러운 건축물들을 지은 무굴제국Mughal Empire의 제5대 황제. 타지마할이 완공된 10년 뒤 1658년, 국가재정의 파탄과 왕위 승계에 대해 불만을 품은 막내아들 아우랑제브Aurangzeb의 반란으로 왕위를 찬탈당하고 아그라 요새Agra Fort의 무삼만 버즈Musamman Burj 탑에 유폐되었다가 1666년 사망하였다. 그러나 그가 유폐된 무삼만 버즈는 다행히도 타지마할의 경관을 볼 수 있는 곳이어서 왕은 죽을 때까지 왕비를 추억할 수 있었다고 한다. 사후 샤 자한 왕도 자신이 그토록 사랑했던 왕비의 곁에 묻혔다.

2 타지마할Taj Mahal : 온갖 보석과 눈부시게 하얀 대리석으로 지은, 세계에서 가장 아름답고 빼어난 건축물 중의 하나. 1631년의 일이다. 무굴제국 샤 자한왕은 왕비 뭄타즈 마할(샤 자한의 부왕. 즉 시아버지 자한기르Jahangir가 내려준 이름으로 '황궁의 보석'이라는 뜻)을 대동하고 한 전쟁에 출정하였다. 그런데 불행하게도 왕비가 전투 중 데칸고원의 야전 천막에서 14번째의 아이(공주)를 출산하다가 숨을 거두자 이를 몹시 비통히 여긴 왕은 수도였던 인도 우타르 프라데시Uttar Pradesh주 아그라Agra 남쪽, 자무나Jamuna 강가에 국가의 전 재산과 국력을 무려 22년 동안이나 쏟아 부어 1653년 전대미문前代未聞 이슬람 양식의 영묘를 완공하였다. 유네스코 지정 세계문화유산이다.

하와마할

자고로 세상의 수컷들은

자신의 암컷을 경계하여

항상 제 영역 안에 가두어 두려 하나니

옛 왕들의 궁궐,

아랍의 술탄이 하렘[1]을 만들고

중국의 황제가 자금성을 지은 것이

그렇지 않더냐.

심지어

여자 중의 여자가 사는 곳을 자궁子宮이라 일컬어

이를 벗어나면

불륜으로 단죄한다 하더라만

그 살 속의 끓어오르는 피를 어찌

시원한 바람에 식히지 않고

억눌러서 해소할 수 있겠느냐.

울안에 심은 장미도 담을 타고 기어올라

밖으로 활짝 꽃잎을 여느니

바람을 핀다는 것은 곧

담 너머로 가출家出을 결행한다는 것,

그러니 옛 인도국 마하라자 샤와이 프라탑 싱[2],

현명하게도 그대는

세상의 그같은 이치에 승복해서

그대의 왕궁 밖에 또 별궁으로 아예

바람의 궁전을 하나 더 지었구나.

하와마할[3] 그것은

넝쿨 장미가 안간힘 써 타고 올라 밖으로

밖으로

온통 분홍 꽃잎들을 활짝 연

하렘의 담장이 아니고 무엇이더냐.

1 하렘Harem : 이슬람 세계에서 가까운 친척 이외 일반 남자들의 출입이
 절대 금지된 여성만의 공간.

2 사와이 프라탑 싱Sawai Pratap Singh(1764~1803) : 인도 옛 자이푸르Jaipur
 왕국의 마하라자maharaja(인도에서 군주를 가리키는 말). 자이푸르 구시가지
 에 매우 특별한 궁전 하와마할을 건축하였다.

3 하와마할Hawa Mahal : '하와마할'이란 '바람의 궁전'이라는 뜻이다.
 1788년 사와이 프라탑 싱의 명에 따라 라찬드 우스타Lachand Usta가 구
 시가지 대로변에 세운 5층짜리 궁전. 주거용이 아니라 ―궁중에 갇힌
 왕실 여자들이 바깥세상에서 일어나는 일이나 시가지의 행사 등을 잠
 깐씩 엿볼 수 있도록― 전망용으로 지었다. 따라서 밖을 잘 내다 볼 수
 있도록 아치형 지붕을 씌운 발코니에 돌출 창문을 낸 수많은 방 953개
 가 각 층마다 촘촘히 일렬씩 배열되어 있다. 전면과 후면은 거대한 부
 채를 펴놓은 듯 넓어 보이지만 양 측면은 방 한 칸이 겨우 들어설까 말
 까 할 정도로 비좁다. 도로에 면한 파사드는 핑크빛 혹은 붉은 빛 사암
 砂巖에 벌집 같은 창문들이 화려하지만 들여다보이지 않는 후면은 매
 우 초라하다.
  하와마할을 포함해서 자이푸르의 구시가지는 '분홍의 도시Pink City'
 라 일컬어진다. 이는 1876년 에드워드 7세로 등극한 영국의 웨일스 왕
 자가 그 기념으로 이곳을 방문했을 때 당시의 마하라자가 이를 축하하
 기 위해 시내의 전 건물들을 온통 분홍색으로 색칠했기 때문이다. 마
 하라자는 이후 분홍색이 아닌 건축물의 신축은 아예 법령으로 금지하
 기도 하였다.

8

톈산에 올라

— 키르기스스탄, 카자흐스탄 —

톈산에 올라
— 토루갓 패스[1]에서

톈산天山[2]에 오르면
하늘도 거짓말하는 것을 안다.
밝은 햇빛 속에서 갑자기 쏟아져 내리는
싸락눈.

톈산에 오르면
거짓도 진실임을 안다.
천장天葬의 넋들을 부리로 집어물고
저 세상을 가는 독수리.

아아, 톈산에 오르면
빛과 어둠이 원래 하나,
낳고 죽음이 원래 한 몸.

그 증거로 당신은
얼어붙은 만년설에 노오란
꽃잎을 피우시고

그 설연화雪蓮花[3] 한 포기를 찾으려

나 오늘 드디어 톈산에 올랐다.

타림 분지를 건너,

파미르고원을 넘어……

1 토루갓 패스Torugart Pass : 톈산산맥天山山脈의 능선을 넘는 해발 3,752m
의 고갯길. 키르기스스탄Kyrkizstan의 나린Naryn 지역과 중국의 신장 지
역 사이에 자리하여 이 두 나라의 국경을 이룬다. 서장西藏 위구르의 카
스에서 서역 남로와 서역 북로가 합쳐진 톈산 남로가 ─남쪽 쿤자랍 패
스를 넘어 파키스탄, 인도 쪽으로 가는 갈림길을 버리고─ 이 고개를
넘어서 북서쪽 키르기스스탄으로 진입하게 되면 누란에서 우르무치
를 거쳐 톈산의 북쪽을 휘둘러 온 톈산 북로와 다시 만나 로마로, 아라
비아해로 이어진다. 톈산의 서부 지역은 유네스코 지정 세계문화유산
이다.

2 톈산天山 : 중국과 키르기스스탄의 국경에서 시작해 동북쪽으로 우즈베키
스탄, 카자흐스탄에 이르는 동서 길이 약 2,500km, 남북 너비 250~300
km의 산맥. 평균 해발은 5,000m이며, 최고봉은 해발 7,439m의 포베다
산Pobeda Mt.(중국 이름은 퉈무얼봉托木尔峰, 키르기스스탄과 중국의 국경에 있음)이
다. 800개가 넘는 고봉들과 수많은 빙하들을 포함한다. 일 년 내내 만년
설로 덮여 있어 옛날에는 바이산白山 또는 쉐산雪山으로 불렸다.

3 설연화雪蓮花 : 해발 4,000m가 넘는 톈산의 만년설에서만 피는 노란 연
꽃. 싹이 나서 개화하기까지 6~7년이 걸리고 7~8월경에 꽃을 피운다.
암수 독립이지만 하나의 뿌리로 연결되어 있는 것이 특징이다. 죽은
자도 능히 살려내는 약초라고 한다.

타쉬라바트[1]에서의 하룻밤

낙타야,

너 어디로 가는 길이더냐.

가슴에 꽃등 하나 달고

하룻밤의 안식을 위해 찾아드는

여기는 카라반 서라이[2].

한쪽 등에는 애증愛憎을 한 짐,

거친 사막을 달려, 외진 강물을 건너

다른 쪽 등에는 희비喜悲를 한 짐,

막막한 황야를 걸어, 가파른 암벽을 넘어

쩔렁쩔렁 목에 방울 하나 달고 그대

이 한밤을 지새려 찾아왔구나.

사람들은 그 길을 실크로드라 한다지만,

사람들은 그 끝에 황금의 나라

신라가 있다고 한다지만

아니다.

그것은 하늘로 가는 길.

이미 너는 톈산[3]의 입구에 들어서지

않았더냐?

나 오늘 밤

이 초원의 에델바이스 꽃밭에 누워 문득

바라보나니

지금

저 하늘에서 무수히 반짝이는 별들은

그때 그대들이

고향을 등지면서 떨어뜨린 그

글썽이던 눈물방울이 아니고

또 무엇이겠느냐.

1 타쉬라바트Tash-Rabat : 국경 토루갓 패스로부터 키르기스스탄 나린
   지역의 서북쪽 약 40㎞ 지점에 있는, '돌의 요새'라는 뜻을 지닌, 초원
   의 한 계곡. 비교적 원형이 잘 보존된 실크로드 시대의 카라반 서라이
   가 남아 있다.

2 카라반 서라이Caravan Serai : 페르시아어로 '상인들의 여관'을 뜻한다.
   실크로드, 중동, 북아프리카 일부 등 이슬람 지역에 건설된 대상들의
   숙소다. 우물, 식당, 목욕탕, 가축병원, 감옥, 기도실 등의 부대시설들을
   갖췄다. 실크로드의 경우, 낙타가 하루 걸려 도달할 수 있는 거리마다
   설치되어 있었다.

3 톈산天山 : 문자 그대로 '하늘의 산'이라는 뜻이다.

오뚝 마을[1] 지나며

무슨 수식어가 필요하랴.
다만 넋을 잃고 청맹과니 될밖에
무슨 감탄사가 필요하랴.
다만 얼어붙어 벙어리가 될밖에……
진실로
아름다움엔 말이 필요 없느니
천상천하 유아독존,
그저 먹먹하게 서 있을 뿐이다.
그저
아득하게 서 있을 뿐이다.
사리 굴, 칵 굴, 올보스 굴[2] 흐드러진
톈산의 초원을 요렇게 앞에 두고
문득 깨어 일어난
돌미륵 하나.
벌떡 천년의 잠을 깨고 일어난
돌부처 하나.
다만
몸으로 눈을 열어 서 있을 뿐이다.
온몸으로 귀를 열어

서 있을 뿐이다.

1 오뚝Ottuk 마을 : 나린에서 수도 비슈케크Bishkek로 가는 길의 중간 지점에 있는 키르기스스탄의 소도시. 이식쿨 호수를 앞에 두고 거치게 되는 마을이다. 들꽃이 만발한 초원에 둥실 뜬 설산의 풍경이 정적 속에서 숨이 막히도록 아름답다.

2 키르기스스탄 초원에 피는 들꽃. 사리 굴sary gul은 노란색 손톱 같은 꽃잎이 달린 미모사 꽃처럼 생겼으며 칵 굴Kok gul은 보라색의 클로버꽃, 올보스 굴Ollbos gul은 연자주색 마가렛과 비슷하다.

이식쿨 호수에서

내 오늘로 알았다.

새벽 하늘에서 유난히 반짝이는 별 하나가

왜 그렇게 밝고 맑게 빛나는지를……

천상에서 가장 가까운 호수 이식쿨[1]에

내려

밤마다 몸을 씻고 돌아와서 그렇지

아니하더냐.

겨울에도 춥지 않게 항상

데워두어야 할 별들의 목욕물.

내 오늘 밤, '샛별의 아버지'라 불리는

쫄폰 아타[2] 호반에 숨어 가만히 엿보고 있나니

하늘에서 스스럼없이 내린 별 하나가

아이벡스, 아르갈리, 붉은 사슴, 눈표범, 야생마……

암각화[3]에 잠든 짐승들을 하나하나

호명해서 깨워내더니

희희낙락 물장구를 치고 있구나.

하늘의 호수 이식쿨에서는 별들도 이처럼

장난을 칠 줄 아는구나.

1 이식쿨Issyk-kul : 키르기스스탄 동북부 해발 1,609m의 고지에 위치한
   호수. 해발 3,800m 이상인 남측 테르스케이 알라타우Terskey Alatau산
   맥과 북측 퀸케이 알라타우Künkey Alatau산맥으로 둘러싸여 있다. 동
   서 177km, 남북 57km(폭이 가장 넓은 곳), 총면적 6,292km²로 사람의 '눈' 모
   양처럼 생겼으며 세계에서 두 번째(첫 번째는 바이칼호)로 넓은 호수다.
   'Issyk-kul'은 '따뜻한 물'이라는 뜻으로, 실제 이식쿨의 물은 겨울에도
   얼지 않고 따뜻하다.

2 촐폰 아타Cholpon-Ata : 호수의 중심을 이루는 북쪽의 조그마한 호반 도
   시. 'Cholpon'은 샛별(금성), 'Ata'는 아버지를 뜻한다.

3 이식쿨 암각화Issyk-kul Petroglyphs : 촐폰 아타 북쪽 교외에 있는 암석
   巖石 지대. 이곳에는 빙하기 때 톈산으로부터 쓸려온 수만 개의 암석이
   널려 있는데, 그중 약 2,000여 개에 아이벡스ibex(야생 염소), 아르갈리
   argali(산양), 붉은 사슴red deer, 눈표범snow leopard, 야생마Przewalski's wild
   horse등의 동물과 이들을 사냥하는 사냥꾼들의 모습들이 새겨져 있다.
   기원전 8세기의 작품들이라고 한다. 유네스코 세계문화유산이다.

성산聖山 술라이만

— 오시에서

천여 년 전 옛날 옛적,
무함마드[1], 솔로몬[2]도 단신으로 여기 올라
기도를 드렸다더라.
키르기스스탄, 오시[3]평야에 우뚝 솟은
술라이만[4].
고금에 다름없이
아직도 이 세상은 전쟁과 학살과 기아로
아수라장인데
몇천 년 전,
풀 한 포기 나무 한 그루 자라지 않는 이
황막한
한 덩이의 바위산에 올라 그들은 대체
무엇을 빌었을까?
그들은 정말 자신들의 기도를 믿었을까?
나는 그런 것 몰라.
성산을 성산性山답게 만든 여성의 옥문玉門,
그 미끄럼 바위[5]의 두 둔덕 틈새에 누워서
경건히 비는 것, 오직
내 나이 50년 전의 그 푸른 시절로

다시 되돌릴 수 없을까.

파우스트처럼, 동방삭東方朔이[6]처럼.

1 무함마드Muhammad : 한 기록에 의하면 이슬람의 창시자 무함마드는 이
 술라이만산에 올라 기도를 드렸다고 한다.

2 솔로몬Solomon : 일설엔 이스라엘의 솔로몬왕도 이곳을 찾았다 하나
 이는 '술라이만'과 '솔로몬'이 발음상 비슷한 것에서 유추해 만들어진
 전설이라고 봄이 타당하다.

3 오시Osh : 우즈베키스탄과의 국경지대에 가까운 키르기스스탄 제2의
 도시. 지금은 쇠퇴해서 비록 소도시로 전락하기는 했으나 역사적으로
 는 이미 로마 건국 이전에 건설되었으며 그 후 여러 갈래의 실크로드
 가 교차하는 국제 교역의 요충지로 발달하였다.

4 술라이만산Sulaimain-Too Sacred Mt. : 오시의 도심에 우뚝 서 있는 성산聖
 山. 한 개의 거대한 바위로 되어 있다. 해발 1,170m로 오시의 평균 고도
 가 1,000m임을 감안하면 실제 시가지에서의 높이는 175m 정도 된다.
 그러나 지형이 사방이 툭 터진 평지여서 높아 보인다. 이슬람 세계에
 서는 메카, 메디나와 더불어 3대 성지 중 하나로 여겨지고 있다. 봉우
 리 5개와 그 경사면들에는 수많은 고대 이슬람 예배소와 암각화가 그
 려진 동굴들이 있고 16세기에 재건된 모스크도 2개가 있다.
  바위산 정상에는 '바부르 돔Babur Dom'이라 불리는 조그마한 사당
 이 있는데 이는 이슬람의 성인 바부르가 수행한 곳이다. 바부르는 몽
 골계에 속하는 티무르Timur의 후손으로 16세기에 인도에서 무굴제국
 을 건국한 인물이다. 티무르 왕조에 소속된 우즈베키스탄의 페르가나
 Fergana 지역 영주의 아들로 태어나 14살에 술라이만 정상에 사당을 건
 립하고 40일간 물과 빵만을 먹고 수행을 했다는, 전설적인 이슬람 신
 비주의 고행자이기도 하다. 유네스코 지정 세계문화유산이다.

5 미끄럼 바위 : 술라이만산 남측 경사면에 있는 바위산의 일부로 여근女
 根의 형태를 띠고 있다. 양 둔덕과 그 벌어진 틈새가 매우 미끄러워 '미

끄럼 바위'라고도 불린다. 이 틈새에서 미끄럼을 타면 소원이 이루어
진다는 속설이 있다.

6 동방삭 : 삼천갑자三千甲子를 살았다는 동양의 전설적인 장수長壽 인물.

탈라스 강가에 앉아

그를 찾아왔다.

고비戈壁를 건너, 톈산을 넘어

마침내 나 여기에 왔다.

패배를 마다하지 않고 스스로

자신의 등에 역사를 걸머진 자,

죽음을 마다하지 않고 스스로

자신의 두 어깨로 진실을 받든 자,

배신을 마다하지 않고 스스로

자신의 가슴 깊이 사랑을 품었던 자,

그 고구려의 사나이를 만나러

여기에 왔다.

흥안령 지나, 고비를 건너, 톈산을 넘어서

가까스로 가까스로 찾아든

키르기스스탄 포크로브카[1] 탈라스[2].

강물은 말없이 흐르는데,

하롱하롱

흐르는 강물엔 시름없이 꽃잎 몇 개

떠가는데

마침내 사막에 이르러

덧없이 모래 속으로 스며 사라지는 강,

탈라스.

진실로 역사는

사막의 모래밭에서 피는 꽃이었던가.

황혼이 내리는 강가, 시든 풀밭에 앉아

나 이제 그대의 이름을 망연히

부르노니

패배를 마다하지 아니하고 결연히

역사를 정면으로 마주 대한 저

당당한 자,

죽어서 오히려 영원을 살고 있는

아아, 그대 이름

고선지高仙芝[3].

1 포크로브카Pokrovka : 탈라스강이 흐르고 있는 키르키스스탄의 평원.

2 탈라스강Talas River : 톈산산맥의 한 지맥 스키알라타우Sky Ala-tau산맥에서 발원하여 탈라스 계곡의 서쪽을 흐르다가 물길을 다시 북쪽으로 돌려 카자흐스탄의 뮌쿰Muyunkum사막에서 사라지는 강. 길이 453㎞, 유역면적은 17,540㎢다. 이 강의 포크로브카 평원지대에서 서기 751년 고선지 장군의 당나라 군대와 이슬람 세력 간의 그 유명한 탈라스 전투가 일어났다. 세계전쟁사에서 한니발의 로마 정복 이상으로 평가되는 전쟁이다.

3 고선지高仙芝 : 안서절도사安西節度使로서 서역 원정에 큰 공을 세운 당唐나라 현종 때의 장수. 고구려 유민遺民이다. 그는 이슬람 연합군과 치른 다섯 번의 전투 중 네 번은 대승을 거두었으나 서기 751년, 마지막으로 치른 다섯 번째 전투에서 크게 패했다. 이후 755년 안록산安祿山의 난 때 정적들의 모함을 받아 당 현종에 의해서 참형되었다. 고선지의 서역 원정은 중국의 제지 기술과 나침반 등이 이슬람을 거쳐 서구 세계로 전파되고 이슬람 세력이 중국의 서역까지 확장되어 이 지역 불교 문화를 쇠퇴시키는 계기를 가져왔다. 역사적으로 동서 문화교류에 큰 영향을 끼쳤다.

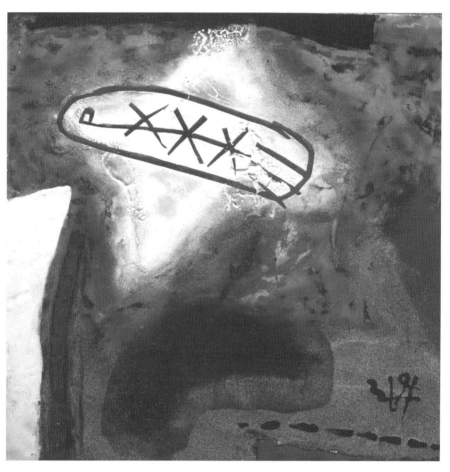

〈원형상_그런 뜻이〉, 동유화, 58x58cm, 일랑 미술관

카레이스키 김치
— 알마티의 재래시장에서 카레이스키 3세를 만났다

김치[1]는 생명,

그 지닌 강한 면역력으로

죽어가는 자도 능히 살려낸다[2] 하지

않더냐.

삶이란 또 단순히 사는 것뿐만 아니라

자유가 있어야 하나니

오랜 세월을

어둠 속 항아리에 갇혀 지내도

언젠가는 필히 밝은 햇빛을

보고야 마는 김치.

그만이 아니다. 진정한 자유는

남과 더불어 공존하는 것이 아니더냐.

짠 소금, 매운 고춧가루와 함께 버물려

자신을 숙성熟成시킬 줄 아는 김치는

또한 사랑,

나 한 달하고도 열사흘의

지친 실크로드 배낭 여행길

알마티 질료니 바자르[3]에서

예기치 않게

그 김치를 먹고 건강을 되찾았나니
텐노[4]에게 억압당하고
스탈린[5]에게 박해 받아 백여 년 전
자유의 땅[6]으로 망명한 카레이스키[7]의
그 곱고도 억센 김치.

1 김치는 대표적인 발효식품이다. 밀봉된 항아리에서 수개월 삭혀야 제맛
  이 든다.

2 세계적으로 공인된 한국의 전통 식품 김치는 다른 어떤 음식보다도 병
  에 대한 면역력이 강하다.

3 질료니 바자르Zelyony Bazaar : 알마티Almaty시 고골 거리Gogol St.에 있는
  카자흐스탄 최대의 재래시장. 건물 벽이 녹색이어서 '초록 바자르Green
  Bazaar'라고도 불린다. 1층 매대엔 카레이스키(고려인高麗人) 3세 여성들
  이 한국의 전통 음식과 김치 등을 만들어 팔고 있다.

4 텐노天皇, Tenno : 일본인들이 자신들의 왕을 지칭하는 용어. 메이지明治
  텐노는 1910년 한국을 무력으로 병탄했고 다이쇼大正 텐노와 히로히
  토裕仁 텐노는 36년 동안 한국을 잔혹하게 수탈하였다. 히로히토는 제2
  차 세계대전(태평양전쟁)을 일으킨 전범戰犯이기도 하다.

5 이오시프 스탈린Joseph Stalin(1879~1953) : 조지아 고리Gori에서 가난한
  구두 수선공의 아들로 태어나 후에 마르크스주의 혁명가, 레닌을 계승
  한 소비에트 러시아의 제2대 지도자(서기장 1927~1953)가 된 인물. 사회
  주의 소비에트 러시아를 건설하기 위해 역사상 유례없는 철권 독재 통
  치를 감행하여 수천만 명의 인민을 학살하였다. 한국전쟁 역시 그의
  세계 공산화共産化 전략에서 빚어진 비극이라 할 수 있다.

6 카자흐스탄Kazakhstan의 'Kazakh'는 '방랑자' 혹은 '자유인', 'stan'은 '땅'이
  라는 뜻이다.

7 카레이스키koreiskii : 한국어로는 '고려인高麗人'으로 번역된다. 90년대
  소비에트 연방이 붕괴되어 새롭게 러시아 주도의 독립국가연합이 구
  성될 때 그 일원이 된 러시아, 우즈베키스탄, 카자흐스탄, 타지키스탄,
  투르크메니스탄, 키르기스스탄, 우크라이나, 몰도바 등의 국가들에 거
  주하던 약 50만 명의 한국인 망명 이주민들을 지칭하는 러시아어다.

이들 대부분은 19세기 말과 20세기 초에 일본 제국주의의 가혹한 탄압을 피하려고, 혹은 이와 맞서 독립을 쟁취하려고 한국과 인접한 극동 러시아의 연해주로 망명 혹은 이주한 한국인들의 후예들이다. 1937~1939년 스탈린은 이 지역의 고려인들이 일본군과 내통하지 않을까 의심해서(당시 한국이 일본의 압제하에 있었고 같은 몽골계 인종인 까닭에) 애꿎게도 카레이스키 지도자 500명을 체포, 그중 40~50명을 처형하고 17만 2천 명의 카레이스키들을 카자흐스탄과 우즈베키스탄 등지로 강제 격리시켰는데, 그 과정에서 수만 명의 카레이스키들이 희생당했다.

젠코브 러시아 정교회에서

원래 러시아 정교회 건물은 지붕이 모두 양파 뿌리 모양[1]으로 되어 있는 것을…… 그대는 유독 흡사 머리에 모자를 씌운 것 같구나. 외모가 본향本鄕 러시아의 그것과 사뭇 다른 카자흐스탄 젠코브 러시아 정교회, 그렇다. 자신들의 전통모자 칼팍[2], 아니라면 이웃 몽골의 전통모자 말가이[3]가 틀림없어 보인다. 그러나 곰곰이 생각하면 그도 그럴 만하지 않은가. 《성경》에서도 이르기를 교회는 당신의 몸, 그 안의 성스런 말씀[4]은 당신의 영혼이라 했으니 야훼의 머리인 지붕에 따뜻이 모자를 씌워드리는 것 어찌 이상하다 하랴,

아담과 이브가 금단禁斷의 과실, 사과를 따 먹고 야훼께 정죄를 받아 에덴에서 추방을 당하던 날, 그들은 무엇보다 먼저 부끄러움을 알고 우선 나뭇잎으로 자신들의 나신裸身부터 가렸다 하나니 이 세상 최초로 사과나무가 자생했다는 알마티[5]의 젠코브 러시아 오서독스 카테드랄[6], 그 목조木造 벽면이 옷이라면 당신의 머리에 이 말가이를 씌워드리는 것 분명 원죄原罪를 진 인간의 본성 아니겠느냐.

1 얼핏 보기에 러시아 정교회 건물은 지붕이 양파 뿌리 모양 같이 생겼다. 그러나 사실은 '하늘로 타오르는 대지의 꺼지지 않는 촛불'을 형상화한 것이다. 다함 없는 신앙의 상징이다. 이를 쿠폴coupole이라고 한다.

2 칼팍Kalpak : 카자흐스탄인들이 쓰는 전통 모자. 챙이 없는 사각 원통형이다.

3 말가이Malgai : 정장을 할 때 몽골인들이 쓰는 전통 모자. 화려한 다각多角 원통형이지만 정수리가 뾰족한 것이 칼팍과 다르다. 러시아 정교회의 지붕은 칼팍보다 말가이에 더 유사해 보인다.

4 《성경聖經》말씀

5 알마티Almaty : 중앙아시아 알라타우Alatau산맥의 분지에 있는 카자흐스탄 최대의 도시이자 옛 수도. 소련 시절의 이름인 '알마타Алма-Ата'에서 파생되었는데 이는 카자흐스탄어 '사과Alma'와 '아버지Alta'가 합성해 만들어진 단어다. 그러므로 '알마티Almaty'란 카자흐스탄어로는 '사과의 아버지', 러시아어로는 '사과의 도시'를 의미한다고 말할 수 있다. 고고학적 조사에 의하면 인류 최초 사과나무의 자생지는 카자흐스탄의 알마티 지역이었다. 카자흐스탄의 초대 대통령 누르술탄 나자르바예프Nursultan Nazarbayev를 기리는 알마티의 '초대대통령 공원Park of The First President'에는 수십 개의 둥근 기둥들이 반원형으로 둘러싼, 웅장한 기념비가 서 있는데 그 앞에 설치된 붉은색의 앙증맞은 사과 조형물이 이를 상징적으로 웅변하고 있다.

6 젠코브 러시아 오서독스 카테드랄Zenkov Russian Orthodox Cathedral : 알마티시의 판필로프 공원Panfilov Park에 있는 러시아 정교회. '승천교회 Ascension Cathedral'라고도 한다. 1904~1907년에 걸쳐 지어졌으며 높이는 54m로 세계 러시아 정교회에서 두 번째로 높고, 세계 8대 목조건물 중 하나다. 못을 전혀 사용하지 않고 건축했는데, 1911년의 대지진에도 아무 손상을 입지 않았다고 한다.

9

아프라시압
폐허에서

— 우즈베키스탄 —

아프라시압 언덕에 올라

사마르칸트[1]
아프라시압 언덕[2]에 오르면
하늘은 역사歷史의 푸른 스크린.
제라프샨[3]강 너머로 사라진 그
드라마의 주인공들을 만날 것만 같다.
카비르사막[4]을 건너, 힌두쿠시산맥을 넘어
바람처럼 지나간 알렉산더.
고비사막을 지나, 아랄해를 건너
폭풍처럼 몰려온 칭기즈칸.
아스라이 시간의 강물에 휩쓸린
이름 없는 민초들도 보인다.
파미르고원을 올라, 타림분지를 걸어
구름에 달 가듯이[5] 가던 소그드[6]의
대상단大商團.
터벅터벅 낙타 등에 실려 무심히
한 세상을 건너버린 천축天竺의
순례자.
그러나 내겐
한번은 꼭 만나야 할 이승의 그

사내들이 있다.

예서 일만 리, 비단길을 걸어왔나.

초원草原길[7]을 달려왔나. 아니 새처럼

훨훨훨

하늘길을 날아서 왔나.

머리에 꽂은 그 날렵한 깃털,

허리에 찬 환두대도環頭大刀,

아, 그대들은 분명 고구려의 늠름한

무사武士였구나.[8]

사마르칸트 아프라시압 폐허에 오르면

세계는 하나의 꿈꾸는 대 극장劇場.

그 하늘에서 1,300여 년 전의 옛

고구려 사람들을 만난다.

1 사마르칸트Samarkand : 우즈베키스탄Uzbekistan에 있는 옛 티무르Timur 제국의 수도. 푸른색 타일로 치장한 수백 개의 모스크가 도시 곳곳에 산재해 있어 '푸른 보석의 도시'라고도 불린다. 기원전 5세기경 제라프 샨강 아프라시압 유역에 살던 소그드인들에 의해 건설되었으며 실크 로드의 중심에 위치해 예로부터 '동방의 에덴' 혹은 '중앙아시아의 진 주'라 불릴 정도로 번영했던 국제 상업 도시였다. 유네스코 지정 세계 문화유산이다.

2 아프라시압Afrasiab 폐허 : 기원전 800여 년부터 소그드인들이 살아왔 던 옛 사마르칸트의 폐허. 수 세기 동안 수많은 정복자들에 의해서 파 괴와 건설이 반복되어 왔던 까닭에 오늘날 그 지하에 묻힌 유적만도 12개 층이나 된다. 1965년 사마르칸트의 동북쪽 아프라시압 언덕에서 우연히 7세기 전후 이 지역을 통치했던 바르후만Vakhuman(650-670)왕의 별궁 터가 발견되면서 그 실체가 드러나 세계 고고학계의 비상한 관심 을 끌었다. 유네스코 지정 세계문화유산이다.

3 제라프샨Zeravshan강 : 파미르고원에서 발원하여 서쪽으로 타지키스탄 북부를 거쳐 우즈베키스탄 남부를 흐르다가 키질쿰 사막 남쪽에서 사 라지는 강. 길이 780㎞, 4만 2000㎢의 유역면적에 수많은 오아시스들 이 있는데 그중에서 특히 부하라, 사마르칸트 등이 유명하다.

4 카비르Kavir사막 : 테헤란에서 파키스탄에 이르는 이란 북부와 서부에 걸쳐 펼쳐져 있다. 높이 800m의 고원으로 일부 습지를 제외하면 대부 분 소금이 넓게 깔려 있어 일명 '소금 사막'이라고도 한다. 'Kavir'는 원 래 '크다'라는 뜻이다.

5 박목월의 시 〈나그네〉의 한 구절.

6 소그드粟特, Sogd : 소그드인은 원래 중앙아시아 소그디아나sogdiana 지 역에 사는 이란계 스키타이 유목민Scythian 의 일파다. 조로아스터교(배

화교拜火敎)와 마니교를 믿었으며 2세기경 스키타이제국이 멸망하자 3
세기부터 8세기까지 돌궐제국의 비호 아래 실크로드 교역로를 장악해
서 동서 무역의 교량 역할을 담당하였다.《신당서新唐書》에 '소그드인
은, 태어나면 혀에 꿀을 물리고(상술商術) 손에 아교를 바른다(재산 축적
貯蓄)'는 기록이 있을 정도로 교역과 장사에 천부적 수완을 가진 사람
들이었다. 타지키스탄의 후잔트Khujand를 중심으로 거주했으며 사마
르칸트와 부하라가 이들의 주요 거점 도시들이었다. 그러나 13세기 무
렵, 칭기즈칸Chingiz Khan.의 침략과 흑사병의 창궐로 몰락하기 시작해
서 14세기에 들어 이슬람 세력에 정복된 후 언어와 정체성을 잃고 점
차 이 지역의 다른 민족들에게 흡수 동화되었다.

7 초원길Steppe Road : 근대 이전 실크로드와 함께 동서를 잇는 교역로들
중 하나. 사막을 통과하는 비단길과 달리 몽골 고원에서 흑해 연안에
이르는 아시아 북부의 초원 지대를 횡단한다. 13세기에는 몽골군의 유
럽 원정로로 이용되기도 하였다.

8 아프라시압 폐허에서는 옛 소그드 왕궁의 벽화도 발견되었다. 왕궁의
동서남북 4면에 걸친 각각 가로 11m, 세로 2.6m 규모다. 기록에 의하면
7세기 소그디아나(사마르칸트, 부하라Bukhara, 판자켄트Panjakent 등지를 아울렀
던 도시연합국가)의 지배자 바르후만왕 때 제작된 것이다. 벽화는 왕을 중
심으로 여러 나라에서 온 사절단과 사냥, 혼례, 장례 등 당시의 다양한
생활상이 사실적으로 묘사되어 있어 그 역사적, 문화적 가치가 매우 높
다. 이 중에서도 특히 머리에 조우관鳥羽冠(새 깃털을 꽂은 관)을 쓰고 허리
에 환두대도(손잡이가 고리 모양으로 돼 있는 큰 칼)를 찬 서쪽 벽면의 두 인물
은 고구려 사신들이라는 것이 학계의 정설이다. 이 벽화는 현재 사마르
칸트 아프라시압 언덕에 있는 아프라시압 박물관에 소장되어 있다.

샤히진다 대 영묘靈廟

내 평소에

한 생 그럭저럭 보내고 저 세상에서

영원히 살기를 바랐거늘

그 가는 길이 바로 여기에 있었구나.

사마르칸트 아프라시압,

남쪽 언덕에 자리한 샤히진다 대 영묘[1].

천국으로 가는 계단[2].

그러나

그 첫째 석단石段도 채 딛기 전인데

숨이 차서 오르기가 힘겹다.

고개 들어 위를 치어다 보면 계단 끝

천국이 바로 저긴데,

그 문은 활짝 열려 있는데[3]

애욕에 열독熱毒 오른 내 심장, 물욕으로 불어난

과체중,

몸이

무거워서 발 떼기가 어렵다.

누구는 뗏목으로 강 건너면 된다 하고[4]

누구는 다리 위를 걸어가면 된다던데[5] 그 천국

식식대며 멀리 두고
바라만 볼 수밖에 없구나.
쿠삼 이븐 압바스[6]
나는 원래 몽매하고 죄 많은 사람,
이 이교도를 긍휼히 여기시어 그대
부디 내 손목을 잡아 자비를
베푸소서.

1 샤히진다 대 영묘Shahi-Zinda Complex of Mausoleums : 사마르칸트 교외 북동쪽 아프라시압 언덕의 남쪽 기슭에 있는 이슬람 공동묘지. 아랍군이 침입한 8세기 후 11세기부터 이슬람 성인들의 영묘가 조성되기 시작해 오늘에 이르렀다. 쿠삼 이븐 압바스, 티무르 일족, 울루그 베그 Ulugh Beg(티무르의 손자)의 일족과 그 은사 등 11개의 영묘가 있어 이슬람 세계에서는 매우 성스러운 곳이다. 전설에 따르면 무함마드의 사촌 쿠삼 이븐 압바스는 11세기 초 이슬람을 전도하기 위해서 사마르칸트로 왔다가 조로아스터 교주의 피습을 받아 목이 잘렸는데, 그는 자신의 잘린 목을 들고 우물로 내려가서 지하를 통해 천국으로 올라갔다고 전해진다. 따라서 그는 여전히 살아 있는 사람으로 간주되며 그가 묻혀 있는 영묘의 이름도 '샤히진다', 즉 '살아 있는 왕의 무덤'으로 불리고 있다.

2 천국으로 가는 계단 : 샤히진다 대 영묘를 오르는 계단의 명칭. 영묘는 입구로부터 36계단을 올라선 언덕에 자리 잡고 있다. '천국으로 가는 계단'과 '천국으로 오르는 사다리'에 대해서는 〈강링을 불어보리〉와 〈디리바바 영묘〉의 주석 참조.

3 영묘 출입문 벽면에는 '천국의 문은 누구에게나 열려 있다'라는 명문이 새겨져 있다.

4 불교에서는 극락極樂을 '강 건너의 언덕(피안彼岸, 범어로 '바라波羅')'이라는 개념으로 설명하고 있는데 그 강은 법法이라는 뗏목을 타고 건널 수 있으며 강을 건너면 뗏목을 버리듯 그 법 자체도 버려야 한다고 가르친다.(《중아함경中阿含經》)

5 배화교(조로아스터교)에서는 이승에서 천국으로 가는 길목에 친바트 Chinvat Peretum라는 다리가 있어 죽은 자는 여기서 미트라Mithra에게 심판을 받은 후 악인은 다리 아래 지옥으로 떨어지고 선인은 천국으로 건너

가게 된다고 한다.

6 쿠삼 이븐 압바즈Kusam Ibn Abbas : 예언가 무하마드의 사촌이자 이슬람
  의 순교자. 첫 번째 주석 참조.

비비하눔 모스크
— 사마르칸트[1]에서

한국의 불교 선사 한용운韓龍雲은

사랑하는 님과

날카로운 첫 키스를 나눴다고 하더라만[2]

그 키스가 어찌 날카로울 수 있겠느냐.

첫 키스는 아름답고, 달콤하고, 황홀한 것,

첫 키스는 무아지경,

한순간 넋이 빠져 허공으로 달아나도

찾기를 그만 단념하는 것.

아니 첫 키스는

뜨겁고 숨 막히는 불길.

한국의 음력 정월 대보름날 저녁에

너 나 없이 달집을 태우는 들판에 서서

불의 혀가 하늘 깊이 핥고 있는 것을

본 적이 있더냐.

그것은 땅이 하늘과 키스하는 짓이란다.

원래 사랑이란

타오르는 한 덩이의 불.

나 오늘 사마르칸트의 비비하눔 모스크[3]

미너렛[4] 앞에 서서

알라가 아닌,

잃어버린 내 첫사랑을 생각하나니

그녀 역시 뺨에 찍힌 내 그 화인火印을 감추려

정녕 어딘가에 홀로 숨어서

히잡을 깊이 둘러쓰고 남모르게 살 것이

아무래도 아무래도

안쓰럽구나.

1 사마르칸트 : 〈아프라시압 언덕에 올라〉 주석 참조. 비비하눔 모스크를 포함해 사마르칸트 역사 지역은 유네스코 지정 세계문화유산이다.

2 한용운의 〈님의 침묵〉의 한 구절. "날카로운 첫 키스의 추억은 나의 운명의 지침을 돌려놓고 뒷걸음쳐 사라졌습니다."

3 비비하눔 모스크Bibi-Khanym Mosque : 가로 167m, 세로 109m 면적의 중앙아시아 최대 모스크. 이 모스크에는 다음과 같은 이야기가 전해진다. 당시 8명의 왕비를 두었던 티무르는 그중에서도 가장 사랑했던 비비하눔의 이름으로 사마르칸트에 세계 최대의 모스크를 짓고자 하였다. 그런데 공사가 막 시작될 무렵 공교롭게도 티무르가 멀리 인도 원정길에 오르게 되었다.

그가 떠난 후였다. 이 모스크를 짓던 한 건축사가 남모르게 비비하눔을 사랑하게 된다. 그는 끓어오르는 사랑의 불길을 억누를 수 없어 마침내 어느 날 비비하눔에게 구애를 했다. 그녀는 물론 단호히 거절했지만 그 건축가가 '만일 내 사랑을 거부하면 더 이상 모스크를 지을 수 없다'라고 하며 단 한 번이라도 좋으니 키스를 해달라고 끈질기게 졸라대자 하는 수 없이 그에게 꼭 한 번의 키스를 허락해주었다. 티무르가 귀국하기 전에 모스크를 완공시켜 그를 기쁘게 해주고 싶었기 때문이다. 그런데 문제가 생겼다. 뺨에 난 키스 자국이 멍이 되어 영 가시지를 않았던 것이다. 비비하눔은 그 키스 자국을 가리려고 얼굴에 보자기를 썼다.

그러나 인도 원정에서 돌아온 티무르는 곧 그 사실을 알게 되었고 이로 인해 질투의 화신이 된 그는 비비하눔과 그 건축가를 포박해서 자루에 넣어 이 모스크의 높은 미너렛(당시에는 높이 80m로 세계에서 가장 높았다고 한다. 현재는 50m) 위에서 지상으로 떨어뜨려 죽였다. 오늘날, 무슬림 여성들이 몸에 히잡을 두르게 된 이유도 여기서 기인한다는 전설이 있다.

4 미너렛Minaret : 모스크에 부수된 건물로 꼭대기에서 '아잔(예배 시간을 알리는 것)'을 외치는 데 사용되는 탑이다. 터키어 '미나레'에서 유래했으며 아랍어에서는 마나라, 페르시아어로는 '메나레'라고 한다.

샤흐리삽스

흘러가는 시간을

덧없이 붙잡아두려 하지 마라.

붙잡힌 시간은 항상

한 조각 굳은 흙덩이가 되나니

그 어디에도 살아 움직이는 것이라곤 없다.

샤흐리삽스[1]

그 거대한 악사라이 궁전[2]의 폐허를 보면

안다.

해도, 달도,

나무도, 풀도,

사막에 부는 한 줄기 바람, 떠가는 구름도

여기서는 정지된 활동사진의 한

흑백 필름처럼

모두 고개 숙여 굳어 있지 않더냐.

살아 있는 내 생을 모르거니

사후死後인들 어찌 알리.

생전에 자신의 묘를

샤흐리삽스

하즈라티 이맘 모스크[3]에 마련해두었던

중앙아시아의 대 영웅 아미르 티무르[4]도

정작 죽어서는

사마르칸트 구르에미르에 묻히지 않았더냐.

진실로 세월이 덧없는 것이 아니라

그 시간을 붙잡아두려는 인간의 마음이

덧없는 것이어니……

1 샤흐리삽스Shahrisabz : 아미르 티무르가 태어난 곳으로 사마르칸트 남쪽 약 90㎞ 지점의 사막에 있는, 2,400년 역사를 지닌 소읍. 페르시아어로 '녹색 도시'라는 뜻을 지니고 있다.

2 악사라이Ak-Sarai 궁전 : 티무르가 그의 고향에 세운 거대한 여름 궁전. 지금은 모두 폐허가 되었으나 그 파괴된 유적에도 불구하고 아직 남아있는 38m 높이의 궁전 성문과 일부 성벽으로 미루어 그 규모의 장대함과 화려함을 유추해볼 수 있다. 유네스코 지정 세계문화유산이다.

3 하즈라티 이맘 모스크Hazrati Imam Mosque : 티무르가 전사한 아들 자항가르의 영묘로 지은 샤흐리삽스의 한 모스크. 티무르도 이곳에 묻히기를 간절히 바라 생전에 자신의 묘를 만들어두었으나 죽은 후에는 자신의 뜻과 달리 사마르칸트의 구르에미르 모스크Gur-Emir Mosque에 안장되었다.

4 아미르 티무르Amir Timur(1336~1405) : 14세기, 현재 우즈베키스탄의 사마르칸트를 수도로 하여 동서로는 몽골에서 소아시아까지, 남북으로는 북인도에서 러시아의 모스크바까지 광대한 지역을 정복하여 대제국을 건설한 중앙아시아의 영웅. 몽골계로 실질적으로는 왕이었지만 당시 유목민의 전통상 칭기즈칸의 후손이 아니면 '칸Khan(유목민족 국가에서 왕을 가리키는 칭호)'이라는 명칭을 사용할 수 없었으므로 —비록 칭기즈칸 가문의 딸과 결혼해 정통성을 보장받긴 했으나— 백성들에게 자신을 '아미르Amir(지휘관)'라 부르도록 하였다.

현인賢人 홋자 나스레딘
— 부하라¹에서

  옛날 옛적, 우즈베크 부하라에는 착하디 착한 시인 나스레딘²
살았는데 아마도 눈 어두워 그런 실수 했겠지. 어느 날 깊은 밤
중 일어난 일이었네. 그 사나이, 옆에 잠든 아내를 흔들 깨워 "내
안경 어디 있소. 제발 찾아 나를 주오." 갑자기 비몽사몽 남편이
졸라대니 그 아내 어리둥절 경황없이 묻는 말이 "이 어둔 밤 어
인 일로 안경을 찾고 있소?" 그 사나이 대답인즉. 걸작 중의 걸작
일세. "꿈속에 아름다운 한 여인이 손짓해서 내 그녀를 자세히
다시 보려 그런다오." 널리 퍼진 이 소문이 돌고 돌아 또 돌아서
이웃들 한푼 두푼 돈을 걷고 또 거두어, 죽어지면 안경이 아무
소용 없을즉슨, 안경 대신 수면水面으로 그 여자를 비쳐 봐라 라
비하우스³ 연못가에 동상 하나 세워줬네. 꿈속과 생시를 들락날
락거렸으니 이생과 저승도 오가지 않겠는가. 진실로 나도 또한
이곳이 어디인지, 어떻게 태어나서 무엇하러 사는 건지. 또 내가
누구이며 어딜 가고 있는지, 꿈속 아닌 생시인지. 생시 아닌 꿈속
인지. 이승인지 저승인지 정녕코 헷갈리네.

1 부하라Bukhara : 산스크리트어로 '사원寺院'이라는 뜻을 지닌, 인구 약
   27만여 명의 우즈베키스탄 중서부 중심 문화도시. 옛 부하라국의 수도
   이자 한국의 경주에서 시작된 실크로드가 중국의 장안을 걸쳐 동로마
   의 콘스탄티노폴리스(비잔티움, 이스탄불)로 가는 길과 페르시아의 이스
   파한(아라비아해 방향)으로 가는 길로 갈라지는 동서 교역로의 중심지. 과
   거에는 300여 개의 모스크와 167개의 마드라사madrasa(이슬람 신학교)가
   있었다. 중앙아시아 최대 이슬람의 종교도시이기도 하다. 유네스코 지
   정 세계 문화유산이다.

2 훗자 나스레딘Hodja Nasreddin : '훗자'란 아랍어로 '아무도 이의異議를
   제기하지 않는다'라는 뜻인데 관례상 이슬람 수피즘에서 장로를 호칭
   하는 말로 쓰여 왔다. '나스레딘'이라는 인물은 중앙아시아에 널리 알
   려진 현실 비판적 풍자 시인이자 신학자이며 교육자였다.

3 랴비하우스Lyabi-Hauz : 부하라 도심의 중심광장 랴비하우스에 있는 동
   명의 연못. 이 연못가에는 당나귀를 타며 천진스럽게 장난을 치고 있
   는 훗자 나스레딘의 동상이 서 있다.

히바에서

옛말에

예禮가 아니면 말하지 말고

길이 아니면 가지를 말라[1] 했다 하나

나 오늘 히바[2] 왕국,

이찬 칼라[3] 쿠나 아르크[4]

악 쉐이크 보보[5] 계단에 홀로 올라

천하를 한번 휘둘러 보나니

길이 길이 아니고 이름이 이름이 아님[6]을

뒤미쳐 깨달았노라.

회명晦冥한 천지에 뭍과 물이 어딨으며

묘망渺茫한 하늘 아래 밤낮이 어딨으랴.

카라쿰사막에 뜬 한 점 섬

히바,

거친 모래 폭풍이 한바탕 불어제치면

사방은 깜깜한 밤바다가 되느니

보이는 것 다만 이슬람 홋자

미너렛[7]에서 반짝이는 희미한 등대불 이외

다른 아무것도 볼 수 없구나.

옛 현인은 일러

조문도 석사가의[8]라 했다지만
길이 길이 아니고 이름이 이름이 아닐 바에
그 어찌 가당키나 한단 말이냐.
끝나는 그 길에서 다시 길이 열리고
그 어디든 가는 걸음 모두 다 길인 것을.
카라쿰사막, 왕국 히바에서
내 오늘 진정
길이 길이 아니고 이름이 이름이 아님을
새삼 깨달았나니.

1 비례물언 비도물행非禮勿言 非道勿行

2 히바Khiva : 우즈베키스탄 맨 서쪽 카라쿰Karakum사막의 실크로드에
   있는 오아시스 성곽도시. 도시 전체가 박물관이라 해도 과언이 아니
   다. 유네스코 지정 세계문화유산이며 발굴된 유적으로 미루어 이미 4,
   5천 년 전부터 사람이 살았을 것으로 추정된다.

3 이찬 칼라Itchan Kala : 히바를 둘러싸고 있는 성벽. 내, 외의 두 성으로
   되어 있는데 내성의 경우 높이 8m, 두께 6m, 총 길이 약 2㎞의 성벽을
   자랑한다. 그 안에 20개의 모스크, 20개의 마드라사 그리고 6개의 미
   너렛이 있다.

4 쿠나 아르크Kuhha Ark : 성 안에 있는 히바 왕국의 궁전.

5 악 쉐이크 보보Ak-Sheikh-Bobo : 궁전의 높은 전망대. 이 전망대에 오르
   면 성곽 내 시가지는 물론 툭 트인 카라쿰사막의 장대한 풍광이 한눈에
   들어온다.

6 도가도비상도 명가명비상명道可道非常道 名可名非常名,《노자老子》제1장에
   나오는 말씀.

7 이슬람 훗자Islam hoja 미너렛 : 히바에서 가장 큰 마드라사의 가장 큰
   미너렛. 높이는 약 45m다. 사막의 등대로 예전에는 실크로드 대상들의
   길잡이 역할을 했다고 한다.

8 조문도 석사가의朝聞道 夕死可矣 :《논어論語》이인里仁편.

10

아아,
페르세폴리스

— 이란 —

자그로스 지나며

영악하구나.

어찌 신神이 드시는 새참까지도

탐하는가.

일찍이 금단의 사과를 몰래 따 먹어

낙원에서 쫓겨났던 그대,

이젠 신이 즐기시던 술까지도

훔쳐 마시는구나.

뜨거운 열사의 지평에서 숙성시켜

몇만 년간 모래 속 깊이 저장해둔

몰트 위스키[1].

그 술에 취해 핵核을 만들고

그 술에 취해 살육을 일삼고

그 술에 취해 드디어 당신이 주신 이 지구조차

파괴를 서슴지 않나니

이란 서남부 자그로스산맥[2],

사막의 구릉지대 곳곳에서는

신이 밀봉해둔 이 유정油井을 찾아

밤낮 없이 돌아가는

월리스턴 석유 채굴기의[3] 펌프질이

장관이구나.

그래서 일찍이 알라께선 이렇게 또

경고하지 않으셨더냐.

그대들은 결코 술을 입에 대지도

마시지도 말라고.

---

1 몰트 위스키malt whiskey : 보리(麥芽)만을 통에 넣고 3년 이상 숙성시켜
   증류한 위스키. 맛과 향이 뛰어나지만, 생산량이 적어 전체 스카치위
   스키 시장의 5% 미만을 차지한다.

2 이란Iran의 유정油井은 페르시아만을 중심으로 자그로스산맥Zagros Mts
   앞쪽에 있는 구릉 지대에서 페르시아만 서해안을 따라 분포한다.

3 윌리스턴 석유 채굴기Williston oil mill machinery : 윌리스턴 상표의 석유
   채굴기

페르세폴리스

세계 최초의 대제국,
하늘 아래 가장 큰 궁전을 보러 여기 왔나니
라흐마트산에 둘러싸인 남부 이란의 대평원
마르브다슈트.
아아, 장엄하고도 황홀하여라.
페르세폴리스[1],
진정 아름다운 것은 파괴되어도 아름답나니,
진정 아름다운 것은 죽어서도
아름답나니,
그래서 인생은 짧지만 예술은 길다
하지 않더냐.
죽인 자는 죽어도 죽임을 당한 자는
다시 사는 법.
'아름다움이 적을 이긴다'[2]는 그대의 말씀이
진실로 거짓이 아니었구나.
이 세상에
위대함이 더불어 아름답기조차 한 것을
나 아직 일찍이 보지도 듣지도 못했거니
아아. 장엄하고도 황홀하여라.

페르세폴리스.

1 페르세폴리스Persepolis : 현 이란 파르스Fars주의 주도州都 시라즈Shiraz
   북동쪽 60㎞ 지점에 있는 페르시아 아케메네스조朝, Achaemenian
   dynasty의 고도古都다. '페르세폴리스'란 고대 그리스인들이 명명한 것
   으로 '페르시아Perse의 도시Polis'란 뜻이다. 중동 최대의 규모라 할 수
   있는 이 유적지는, 앞에는 마르브다슈트MarvDasht 평원이 펼쳐져 있고,
   뒤에는 해발 1,770m의 라흐마트산Kuh-i-Rahmat(자비의 산)이 둘러싸고
   있다. B.C. 520년경 다리우스Darius 대왕이 건설했으나 B.C. 331년, 페
   르시아 제국을 멸망시킨 알렉산더Alexander(B.C. 356~B.C. 323)의 방화로
   파괴되었다. 플루타르코스Plutarchos에 따르면, 알렉산더 대왕이 이곳
   보물들을 고국으로 실어 보낼 때 약 2만 마리의 노새와 5,000마리의
   낙타들이 동원되었다고 전해진다. 유네스코 지정 세계 문화유산이다.

2 페르세폴리스 궁전의 초석에 새겨진 다리우스 대왕의 명문銘文.

침묵의 탑
— 야즈드에서

이 세상, 모든 살아 있는 것들은

제 살아 있다는 증표로 각기

반항은 반항, 순종은 순종, 기쁨은 기쁨,

슬픔은 슬픔,

모두 그에 합당한 소리를 낸다 하더라.

심지어 산이나 바다조차

제 뜻에 반하면 고함을 치고 뜻에 순하면

속삭일 줄을 아나니,

그러나 이 세상에는 또한

소리로 표현할 수 없는 어떤 궁극

절대절명의 시간도 있어

신神이 천지를 창조하시던 그 순간,

신이 어떤 형상에

입김을 불어 넣어 생명을 만드는 그 찰나가

또한 그렇지 않더냐.

그래서 한 현인은 가로되 진리는

언어가 아닌 침묵 속에 있다 했거늘[1]

나 오늘 그 침묵을 찾아

옛 페르시아의 고토古土, 루트사막[2] 야즈드,

침묵의 탑³에 왔노라.

오직 신만이 고뇌하고 방황하는 그 정적의 모래밭에

홀로 서서

내 영혼 친바트⁴를 건네줄

한 마리 독수리를 하염없이, 하염없이

기다리고 있노라.⁵

1 석가세존은 '언어는 진리를 전달하지 못한다'고 하였다. 즉, 언어도단 言語道斷 불립문자不立文字 직지인심直指人心 견성성불見性成佛이다.

2 루트Lut사막 : 이란 중부를 종단하는 사막.

3 침묵의 탑Tower of Silence : 조로아스터교에서 조장鳥葬을 하는 장례식 장. 이란 중부 이스파한 남쪽 260㎞ 야즈드Yazd시에 있다. 조로아스터 교에서는 시신이 신성한 흙, 물, 불에 직접 닿지 않도록 매장이나 화장 이 아닌 조장, 즉 새가 주검을 쪼아 먹도록 하는 방식의 장례를 치른다. 그 과정은 다음과 같다. 먼저 제관이 주검을 구덩이 위에 올려놓는다. 그러면 독수리 같은 새떼들이 기다렸다는 듯 몰려와서 살을 뜯어 먹는 데, 그 남은 백골은 아래 바닥으로 굴러 떨어져 차곡차곡 탑을 쌓는다. 죽은 자는 말이 없고 탑도 말이 없으니 바람만 흐를 뿐, 그것이 침묵 의 탑이다. 오직 침묵만이 마음의 고통을 사라지게 할 수 있는 것이다. 《왕오천축국전》을 보면 1,300여 년 전 신라의 승 혜초도 이 지역을 방 문한 것으로 기록되어 있다. 유네스코 지정 세계문화유산이다.

4 친바트 페레툼Chinvat Peretum : 조로아스터교에서 우주의 중심, 이승과 저승의 경계를 나누는 강에 걸려 있어 죽은 자의 영혼이 천국으로 갈 때 필히 건너게 된다는 다리. 죽은 자의 영혼은 여기서 미트라에게 심 판을 받은 후 악인은 다리 아래 지옥으로 떨어지고 선인은 천국으로 건너가게 된다고 한다.

5 조로아스터교에서 독수리는 신의 사자使者, 즉 죽은 자의 영혼을 저 세상 으로 인도하는 안내자로 여겨진다.

아비아네에서

사막의 오아시스냐.

인간의 오아시스냐.

사철, 빙하수 철철철 흐르는

깊은 계곡 호두나무 울창한 숲속에

잃어버린 낙원 하나 숨어 있나니

마란잡[1],

사나운 모래 폭풍에 길을 잃고

정처 없이 헤매는 자,

미친 신기루에 꿈을 잃고 낙망한 자

어서 오너라.

와서 편히 쉬었다 가리.

여기는 거친 사막 한가운데 우뚝 솟은

카르카스.[2] 산록의 숨은 승지勝地.

부끄럽게 아름다운,

황막하게 아름다운

이교도의 고향 아비아네[3].

나, 자메 모스크[4]의 미흐랍[5]이 가리키는

신의 길 이원

시리아의 모술도, 이라크의 바스라[6]도

정녕 아무것 몰라.

지치고, 외롭고, 슬프고, 고단한 자

복사꽃, 살구꽃 흐드러지게 피고

양 떼 한가롭게 흰 구름 뜯는

호두나무 숲속의 아비아네,

모두 여기 오너라.

1 마란잡 사막Maranjab Desert : 이란 중부에 있는 사막.

2 카르카스산Karkas Mt : 마란잡사막에 있는 해발고도 3,899m의 산.

3 아비아네Abyaneh : 카르카스산 계곡 깊숙이 자리한 오아시스 마을. 집들은 모두 붉은빛의 황토로 지었고 구불구불한 골목길이 토속적이다. 14세기 몽골의 침입을 피해 이곳으로 숨어든 사람들이 이룬 마을로 알려져 있으나 3~7세기경 고대 페르시아를 다스린 사산 왕조의 흔적도 엿볼 수 있다.

4 자메 모스크Jameh Mosque : 아비아네의 11세기에 창건된 모스크. 홀 안에는 아름답게 조각된 호두나무 목재의 미흐랍이 있다. 고도 이스파한에도 동명의 모스크가 있다. 이스파한의 자메 모스크는 이란에서 가장 규모가 크며 유네스코 지정 세계문화유산이다.

5 미흐랍Mihrab : 모스크의 예배실은 항상 메카 쪽을 향하도록 설계되어 있는데 그 안쪽 벽면의, 메카 방향을 가리키는 작은 니치壁龕 형의 오목상凹狀(오목하게 들어간 모양)을 가리키는 말이다. 우상偶像의 존재를 허락지 않은 이슬람은 모스크 내부에 그 어떤 장식도 할 수 없으므로 미흐랍을 특별히 중요하게 여긴다.

6 지금도 세기의 학살이 자행되고 있는 중동의 분쟁지역들. 시리아Syria의 모술Mosul, 이라크Iraq의 바스라Basrah.

이스파한

이스파한[1],
시오 세 폴 다리[2] 난간에 기대서서
흐르는 강물 소리에 귀 기울이면
옛 페르시아의 서사 로망,
〈쿠쉬나메〉[3]를 음송하는 음유시인의
잔잔한 목소리가 들린다.
사산 왕자 아브틴과 신라 공주 프라랑[4]의
그 애달픈 사랑 이야기가……
이스파한,
시오 세 폴 다리 난간에 기대앉아
머리카락 간질이는 바람 소리에 귀
기울이면
카라쿰사막을 건너, 톈산산맥을 넘어
신라 땅 경주까지
황금, 융단을 싣고 오가던 대상들의
낙타 방울 소리가 들린다.
아,
노을이 비끼는 이스파한,
시오 세 폴 다리 아치에 포근히 안겨

자얀데[5] 푸른 수면을 나르는 물새들을

바라다보면

옛 신라 여인들의

가녀린 귓불에서 반짝거리던 유리구슬[6],

그 속에 비치는 하늘이 보인다.

청자 빛 하늘이……,

1 이스파한Isfahan : 테헤란 남쪽 약 400㎞ 지점, 이란 중앙부 카레사막 Khara Desert의 자얀데강 유역에 자리한 이란 제2의 도시. 옛 페르시아의 고도이며 세계에서 가장 아름다운 도시들 중 하나로 알려져 있다. '이스파한 니스푸 쟈한', 즉 '이스파한은 세계의 절반', 혹은 '서에는 베르사유 동에는 이스파한'이라고 하는 세간의 찬사는 한마디로 역사상 사파비 왕조Safavid dynasty 치하에서의 이 도시의 번영상을 표현해주는 말들이다. 17세기 페르시아 여행기를 저술한 샤르단Schardan은 당시의 이스파한에 관해 '인구 100만, 대가람大伽藍(가치가 높거나 규모가 큰 절) 160개소, 학교 48개소, 여관 1,800개소, 목욕장 273개소가 있다'고 기술하였다. 페르시아 사산 왕조Sassanian Dynasty의 고도로 발달된 금세공 기술을 실크로드를 통해 극동까지 전파한 도시이기도 하다. 유네스코 지정 세계문화유산이다.

2 시오 세 폴Si-O-Se Pol 다리 : 이스파한의 자얀데강에 놓인 11개의 다리 중 하나. 'Si-O-Se Pol'이란 '33 다리' 또는 '33개의 아치를 가진 다리'라는 뜻이다. 1602년 샤 아바스Shah'Abbas 1세 때 조지아인 알라 베르디 칸Allahverdi Khan이 축조하였다. 33개의 아치 아래에는 다리를 건너면서 쉴 수 있는, 벽돌로 만든 쉼터들이 군데군데 설치되어 있다. 다리 아래 한쪽 면에서는 물 위의 찻집을 운영하고 있기도 하다. 세계에서 가장 아름다운 다리들 중 하나로 여겨진다. 길이 360m에 폭은 14m다.

3 〈쿠쉬나메Kush Nama〉: 오랜 세월 구비전승되다가 11세기에 이르러 채록된 페르시아의 구전 대서사시다. 그 주요 줄거리는 왕좌를 빼앗긴 페르시아 사산 왕조의 왕자 아브틴이 극동의 신라(오늘의 한국)로 망명해 신라 공주 프라랑과 결혼하고, 그 사이에서 태어난 왕자가 훗날 귀국해서 이란(페르시아)의 영웅이 된다는 내용이다. 여기서 신라는 한결같이 아름답고 풍요로우며 금이 많이 나는 나라, 한 번 정착하면 떠나고 싶지 않은 이상향으로 그려져 있다.

4 아브틴Abtin, 프라랑Frarang : 〈쿠쉬나메〉의 주인공들.

5 자얀데Zayandeh Rud강 : 이란에서 가장 큰 강 중 하나로, '생명을 주는 강'이라는 뜻을 지니고 있다. 자그로스산맥에서 발원해 메마른 사막 430㎞를 굽이치며 이스파한에서 위대한 이슬람 문명을 탄생시켰다.

6 1973년 경주의 미추왕릉味鄒王陵 부근 4호 고분에서는 모자이크 기법으로 사람과 오리, 꽃 등이 상감된 유리구슬들이 발굴되었다.(보물 634호) 그런데 이들은 그 이전 금관총金冠塚, 천마총天馬塚 등에서 출토된 상감 유리구슬과 사뭇 달라 페르시아에서 건너온 것으로 추정된다.

마슐레 마을

별은
별과 같이 있어 별이다.
서로 손과 손을 마주 잡고
등과 등을 기대 별이다.
별은
별과 함께 빛나서 별이다.
해처럼,
달처럼
홀로 빛나지 않고
더불어 빛나서 별이다.
별은
어둠을 밝혀서 별이다.
대낮이 아니라 정오가 아니라
반짝반짝
밤에만 뜨는 별,
옛 페르시아의 고토故土 알보르즈[1] 산록
골짜기를 한번 가 보아라.
세상 모진 산비탈 한쪽 벼랑에
위태위태 평안하게

우리 집 지붕이 너희 집 마당이 되고

너희 집 마당이 우리 집 지붕이 되는

한 세상 인간의 안식,

밤에 등불을 켜 들면

하늘의 별들이 무리 지어 내려와

반짝 반짝

소담히 속살거리는 마술레²가

거기 있다.

1 알보르즈Alborz산맥 : 이란 북부 카스피해 연안을 따라 투르크메니스
  탄과 국경을 이루는 장대한 산맥. 이란의 다른 지역과 달리 푸른 숲이
  우거진 풍경과 아름다운 계곡을 자랑한다.

2 마술레Masuleh : 이란 북서부 아르메니아, 조지아 등과 국경을 이루는
  소도시 라슈트Rasht 남서쪽 60km 지점, 알보르즈산맥 해발 1,050m의
  산비탈에 위치한 이란의 오래된 전통 마을이다. 1006년경 외지인들
  의 습격과 페스트 창궐 등을 피해 이주한 주민들이 거의 벼랑에 가까
  운 산비탈에 진흙으로 아도베Adobe 양식의 집을 짓고 살기 시작하였
  다. 아랫집 지붕이 윗집 마당이 되는 구조로 푸른 산에 황톳빛 진흙 집
  들이 그림처럼 아름답다. 특히 밤에 계곡에서 위를 올려다보면 마을의
  집들에 켜진 불빛들이 마치 하늘에 뜬 별들처럼 보인다.

11

바람의 마을

— 아제르바이잔 —

머드 볼케이노[1]

누굴 찾아 어디로 가야 한단 말이냐.

무얼 바라 기약 없이

이토록 헤매어야 한다는 말이냐.

아슬아슬 달려드는 행성들을 비켜서,

조마조마 쏟아지는 유성우流星雨를 피해서

떠돌이 1억 광년,

마침내 너 여기까지 왔구나.

엔진은 이미 과열, 브레이크는 진즉 파열,

삶에 지친 육신은 금 간 라디에이터.

낡은 차체에서는

내열로 솟구친 종기腫氣의 진물처럼

뜨거운 냉각수가 졸졸졸 새는데

아무리 둘러봐도 풀 한 포기 없는,

아무리 둘러봐도 땡볕밖에 없는

여기는

지구 자전축의 금 간 엔진.

낡은 행성 하나, 막막한 우주를

떠돌고 있다.

한 생애를 열독熱毒에 시달린 사내 하나,

아제르바이잔의 모진

사막,

그 사구의 한 끝을 헤매고 있다.

1 머드 볼케이노Mud Volcano : 아제르바이잔Azerbaijan의 바쿠Baku 남쪽
   65㎞ 지점, 카스피해의 건조한 사막지대에 있는 조그마한 진흙 화산
   언덕들. 이곳은 뜨거운 지하수가 진흙과 함께 지표로 용출하여 모래밭
   곳곳에 작은 원추형의 진흙 용암 언덕들을 수없이 만들어놓았다.

아테쉬가¹에서

누군가는 이곳을

'불의 땅'이라고 부른다더라.

여기저기

마른 모래밭에서 치솟아 활활 타오르는

불기둥들.

어떤 것은 사막에 핀 장미꽃 같고, 어떤 것은

밤바다를 밝히는 등댓불 같고,

어떤 것은 또

마른하늘에서 터지는 미사일의

불꽃 같더라.

보기에는 모두 아름답더라. 그러니

보아라.

선善 악惡이 바로 한 몸에 있지 아니하더냐.²

불은 신성해도³

가두지 않으면 기실 재앙이 되는 법,

바다 건너, 사막을 넘어

나 물어물어 여기

불의 감옥엘 찾아왔나니

조마조마 가슴에

불덩이를 안고 살아온 이교도의 이

한 생을

조로아스터[4]여, 부디

내치지 마시기를.

1 아테쉬가Ateshgah : 아제르바이잔의 수도 바쿠 시내 동쪽 20㎞ 수라카
니Surakhani 천연가스 유정 지대에 있는 페르시아 시대의 조로아스터
교(배화교) 사원. 언뜻 보기엔 성채 같다. 오랜 시간 파괴된 채로 버려져
왔던 것을 18세기에 들어 인도인 시바Shiva가 현재의 모습으로 복원하
였다. 제단과 건물의 네 귀퉁이에는 천연가스를 이용한 불이 항상 타
오르고 있다. 불을 성스럽게 생각하기 때문이다.

2 조로아스터교는 다신교가 창궐하던 시대에 세계 종교사상 최초로 유
일신 아후라 마즈다Ahura Mazda(아후라는 '주主'를, 마즈다는 '지혜'를 뜻하는 말
로 아후라 마즈다는 '지혜의 주'를 의미한다)를 숭배하며 이 세상을 선과 악이
대결하는 이원론적 구도로 보았다. 페르시아의 사산 왕조(A.D. 224~651)
시대에 경전《아베스타Avesta》가 집대성되었고 유일신 사상, 내세관,
선과 악의 이원적 갈등, 천국과 지옥의 세계관, 종말론과 최후심판, 구
세주에 의한 구원 등의 개념을 최초로 확립하였다. 이후 세계 종교사
에서 유대교, 그리스도교, 불교, 이슬람교 등의 형성에 큰 영향을 끼
쳤다.

3 조로아스터교는 불, 물, 땅, 바람을 만물 존재의 주축으로 삼고 그중에
서도 특히 불을 신성시하지만, 불 자체를 신앙의 대상으로 삼지는 않
는다. 조로아스터교를 일명 '배화교'라 하는 것은 그들의 제례 의식에
불이 사용되었기 때문일 것이다.

4 조로아스터Zoroaster : 기원전 6세기 조로아스터교를 창시한 고대 페르
시아의 철학자이자 예언자. 'Zoroaster'는 그리스식 발음이고 페르시아
어로는 'Zarathustra'이다.

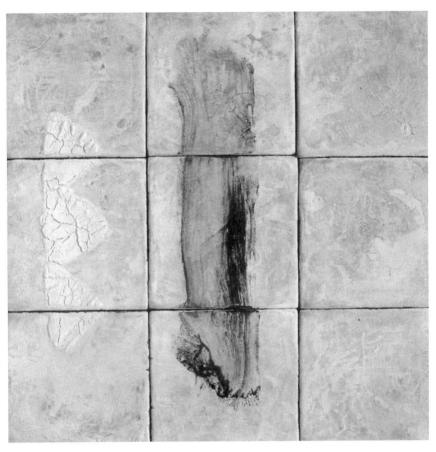

〈원형상_대림〉, 동유화, 52x52cm, 일랑 미술관 ©2005 이종상 All right reseved

메이든 탑[1]

사람들은 투신자살이라 하더라만,
그로써 순결을
만대에 지켰다 하더라만
아니다. 너는
새가 되고 싶었던 것.
한 마리 새가 되어 성 안과 밖, 마을과 들,
문명과 자연의 경계를
자유롭게 훨훨
넘나들고 싶었던 것.
새가 되어 날지 않고선 어찌
그럴 수 있었겠으랴.
억제해도 억압해도 살 속에서 들끓는 그
뜨거운 피,
딸을 사랑한 애비의 욕정을 어찌 단지
악으로만 단죄할 수 있다는 말이냐.
이 세상 모든 이분법은
문화의 소산.
그 경계를 지우려
인간이 만든 탑 그 정상에 올라 새처럼

허공으로 몸을 던져 마침내 날아간

아아, 그 인간의 딸.

1 메이든 탑Maiden Tower : 바쿠Baku의 구시가지에 있는 직경 16.5m, 높이 29.5m의 8층 원통형 석탑. 일명 '처녀의 탑Giz Galasy'이라고도 한다. 성곽도시 바쿠를 방어하기 위해 12세기에 축조하였다. 아버지 바쿠왕 Baku Khan과 사랑에 빠진 딸이 이 탑 꼭대기에서 강물로 투신했다는 전설로부터 '처녀성處女性, virginity'의 은유적 영어표현인 '메이든'이라는 이름이 생겼다고 한다. '딸과 사랑에 빠진 왕과 그 딸의 자살'이라는 이 비극적인 이야기는 지금까지 아제르바이잔의 시詩와 연극의 보편적인 주제가 되고 있다. 유네스코 지정 세계문화유산이다.

카스피해에서

아제르바이잔 바쿠,
아시아가 바라다 보이는 카스피해 해안의
카페 레비뉴[1]에 앉아
한잔의 보드카에 석양을 섞는다.
모든 사막이 그러하지만
한순간 몰아치던 그 모래 폭풍이 그치자
언제냐는 듯
말갛게 개인 하늘.
오늘도 태양은 코카서스로 넘어가고,
수평선은 또 붉게 물들고, 내 술잔에 내린 노을도
출렁거리고
여기는 동과 서가 만나는 아제르바이잔의 수도
바쿠,
바람의 마을[2].
잔잔해진 카스피해의 파도를 바라보며
막 지나간 사막의 모래 폭풍을 생각한다.
역사상
알렉산더가, 칭기즈칸이, 아미르 티무르가
아니 오스만[3]이

실은

사막에 몰아닥친 폭풍이 아니었더냐.

날씨가 개니 모두 한바탕 장난이었다,

바람이 친 한바탕 역사의

우스개 장난이었다.

1 레비뉴L'Avenue : 카스피해가 한눈에 바라다 보이는 바쿠 해안가의 아
   름다운 카페.
2 '바쿠'는 아제르바이잔어로 '바람의 마을'이라는 뜻이다.
3 아제르바이잔은 지정학적 위치 때문에 역사적으로 동서양 양대 세력
   의 각축장이었다.

디리바바 영묘
— 마라자 마을에서

왜 이런 곳에 묻혔을까.

왜 하필 이 같은 벼랑에 시신을

안치했을까.

아제르바이잔 시아파 수피

성聖 디리바바 영묘[1].

풀뿌리를 붙들고

아찔아찔 바위를 타고 오른다.

돌부리를 딛고

어질어질 절벽을 기어오른다.

그 옛날 육신을 벗어버린 그의 영혼도

이처럼 비좁은 협곡을 날아서,

절벽 틈새를 빠져나와서

드디어 천국에 도달했던 것일까.[2]

올려다보면

벼랑 끝 언저리에 언뜻 비치는

푸른 하늘,

한 무리의 무슬림이

검은 부르카 자락을 바람에 날리며

날아오른다.

그들의 몸에 두른 히잡이란, 부르카란 기실

비천飛天의 날개가 아니고 무엇이더냐.

어차피 한 생은

절벽을 타고 오르는 타리카,

바위틈에 핀 티칸[3]이 조용히

꽃잎을 떨어뜨린다.

1 디리바바 영묘Diribaba Mausoleum : 아제르바이잔 고부스탄Qobustan주 마라자Maraza 마을에 디리바바(1402~?)를 모신 영묘靈廟. 수직의 협곡 절벽에 굴을 파서 만들었다. 사방이 닫힌 계곡의 바닥에서 아찔한 절벽을 타고 중앙부의 영묘를 통과해 위로 올라서면 비로소 그 끝에 푸른 하늘이 보인다.

  디리바바Diribaba(1402~?) : 15세기 이슬람 신비주의 교단 수피파의 성자다.

  수피즘Sufism : 이슬람 신비주의, 한마디로 신비스런 체험을 통해서만이 '신과의 합일合一'에 도달할 수 있다는 사상이다. 이슬람의 경우 신앙이란 고통스럽고 험난한 길 즉 타리카tarīqa를 걷는 일인데 그 길은 천국으로 가는 하나하나의 상승단계(마깜maqām)를 올라 최종적으로 자기 소멸과 함께 '신과의 합일(파나으fanāu)'을 이루는 경지에서 끝난다는 것이다. 12세기에 가잘리al-Ghazzāli(1058?~1111)가 제창했고 이븐 아라비Ibn al-Arabī(1165~1240)가 이론적으로 체계화하여 13세기 메블라나 제랄렛딘 루미Mevlana Celaleddin Rumi(1207-1221)가 사실상 완성했다. 이 사상을 따르고 실천하는 이슬람 종단을 메블라나Mevelana단團이라고 한다.

2 '사다리 혹은 벼랑을 타고 하늘(천국)로 오른다'는 생각은 모든 종교에 보편화된 원형 상상력이다. 〈강링을 불어보리〉의 주석 참조.

3 티칸tican : 이 지역에서 자라는 엉겅퀴 풀의 일종.

새키¹ 가는 길

자두 주렁주렁
열린 가지 아래서 소들이
풀을 뜯고,
살구 올망졸망
달린 가지 아래서 양들이
잎을 씹고,

끝없이 가르는 외진 숲길은
구불구불 휘도는 왕복 2차선.

시마바² 한 잔에 쿠탑³을 파는
떡갈나무 그늘이 간이 휴게소.

살랑살랑
초여름 미풍에 소들은
귀를 씻고,
돌돌돌돌
흐르는 계곡물에 양들은
눈을 씻고.

1 샤키Shaki : 아제르바이잔 북서부와 코카서스산맥 남쪽 기슭이 만나는 국경 지역의 아름다운 산간 도시. '달의 신전'과 '칸Khan의 여름 궁전' 등이 있다. 인구는 65,045명(2008년 기준)이다. 유네스코 지정 세계문화유산.

2 시마바simabar : 중동지방에서 일반적으로 즐겨 마시는, 홍차에 우유를 섞은 차. 인도 및 중앙아시아에서는 '짜이chai'라고 부른다.

3 쿠탑Qutab : 고수를 넣은 밀가루 반죽을 화덕의 솥뚜껑에서 구워낸, 우리나라의 전과 비슷한 음식. 바쿠에서 샤키로 가는 길, 메마른 사막지대를 넘어 울창한 삼림지대에 들어서면 시냇물이 졸졸 흐르는 숲의 큰 떡갈나무 밑에 몇 개의 의자들을 놓고 노천에서 장작불을 피워 쿠탑을 만들어 파는 간이 휴게소들이 종종 눈에 띈다. 푸른 숲속의 그 피어오르는 하얀 연기가 인상적이다.

12

황금 모피를 찾아서

— 조지아 —

텔라비[1] 지나며

노아가 방주에서 내려 맨 먼저
한 일이 바로 그
포도나무 심기였다는데[2]
조지아 카헤티[3],
보이는 것이라곤
온통 포도나무 숲밖에 없구나.
그 들녘에 요새처럼 우뚝 서 있는
알라베르디 대성당[4],
마치 포도밭에 뜬 한 점 섬 같다.
아니 포도나무 바다에 뜬
노아의 방주 같다.
옛 조지아의 속담에
'물보다 와인에 빠져 죽는 사람이 더
많다'고는 했으나
와인은 생명의 불을 지피는 기름,
예수의 피.
어찌 와인에 빠져 죽는 사람이 있을까 보냐.
1,000년을 지켜온
알라베르디 대성당 마라니아 와이너리,

지하 저장고에서 숙성되는 그

크베브리 와인[5].

1 텔라비Telavi : 트빌리시Tbilisi 동쪽 50km 지점, 알라자니Alazani강이 흐르는 계곡에 위치해서 동서를 잇는 고대 실크로드의 길목. 8세기부터 도시로 발전해 15~17세기까지 카헤티 왕국의 수도로 번성하였다. 포도주로 유명한 조지아에서도 제일로 치는 곳이다.

2 노아가 방주에서 내린 후 맨 처음 한 일이 포도나무를 심는 일이었다.(《창세기》 9:20~21). 이는 기원전 6000년경에 이미 인류가 포도주를 시음했다는 수메르 점토판의 기록과도 비슷한 연대다. 이를 근거로 삼자면, 와인의 역사는 기원전 6000년경부터 시작되었다고 말할 수 있다. 그런데 노아가 방주에서 내린 곳이 아라라트산이었으니 조지아인이나 아르메니아인들이 이 지역을 포도나무의 원산지로 꼽는 것은 나름대로 일리가 있는 주장이라 할 것이다.

3 카헤티Kakheti : 대 코카서스산맥의 남쪽, 러시아 연방의 남동쪽, 아제르바이잔의 북동쪽, 조지아 카르틀리Kartli 서쪽에 있는 지역이다. 여기서는 이미 8,000년 전에 포도주를 숙성시킨 흔적과 포도씨가 들어 있는 항아리가 발견된 바 있다. 세계 포도주의 시원지이자 본산지인 셈이다. 조지아에는 '물보다 와인에 빠져 죽는 사람이 더 많다'는 속담이 있다. 카헤티 지역은 유네스코 지정 세계문화유산이다.

4 알라베르디Alaverdi 대성당 : 카헤티 지역의 텔라비 북쪽 20km 지점에 위치하고 있다. 11세기 조지아 정치문화의 절정기에 알라베르디(6세기경 시리아에서 건너온 13명의 사제 중 한 명)를 기념하기 위해 카헤티의 크비리케Kvirike왕이 건축한 성당이다. 경내에는 1,000년의 역사를 자랑하는 마라니아Marania 와인 저장소와 100여 종의 포도나무가 식재된 포도밭도 있다.

5 크베브리Qvevri 와인 : 조지아, 아르메니아 등지에서 크베브리 와인 제조법으로 빚은 포도주. 크베브리 와인 제조법이란 사츠나켈리Satsnakheli(포

도 압착기)로 짠 포도의 즙과 차차chacha(포도 껍질, 줄기, 씨) 등을 크베브리(와인을 숙성, 저장하는 달걀 모양의 전통 토기 항아리)에 넣고 화산재로 덮은 후 5~6개월 동안 숙성시켜 포도주를 만드는 방법이다. 유네스코 지정 세계 문화유산이다.

니코 피로스마니[1]
― 시그나기 미술관에서 〈나귀를 탄 치유사〉[2]를 보며

까만 중절모에

까만 가운을 걸치고 그대,

어디로 가나.

마음이 가난한 자를 찾아 심방 가는

어느 시골 신부님 같다.

육신에 든 병을 고치러 왕진 가는

착한 의사 같기도 하다.

마음이 가난한 자가 마음이 가난한 자를

아는 법,

시인도 화가도 그와 같아라.

마음이 가난하므로 남을 위해

자신을 흔쾌히 던지는 자,

마음에

백만 송이 장미꽃을 피우는 자[3].

비록 그 장미꽃, 손에 들지는 않았지만

대신 까만 구두에

까만 우산 하나를 접어 허리에 끼고

까만 당나귀를 타고

그대

어디로 누굴 만나러 가나.

1 니코 피로스마니Niko Pirosmani : 조지아의 유명한 원시주의Primitivism 화가. 1862년 조지아의 소도시 시그나기Signagi 부근의 미르자니Mirzaani 마을에서 태어나 독학으로 그림을 공부한 후 젊은 시절을 무명으로 보내다가 가난과 질병으로 1918년 불행하게 죽음을 맞이한 화가다. 그는 자신의 고향에 들린 한 프랑스 유랑극단의 여배우 마르가리타Margarita를 사랑하여 전 재산을 팔아 그녀에게 백만 송이 장미를 선물했지만 그녀는 자신의 숙소 앞에 꽃 바다를 이룬 그 백만 송이 장미를 누가 선물했는지조차 관심을 두지 않은 채 밤 기차를 타고 다른 지역의 순회공연장으로 떠나버렸고, 그의 사후에야 병든 노년의 몸으로 피로스마니의 유작 그림 전시회에 한 번 참석했다고 한다. 트빌리시의 조지아국립박물관에 소장된 그의 작품 〈여배우 마르가리타〉(1909)가 바로 그녀의 초상화다.

2 〈나귀를 탄 치유사Healer on a Donkey〉 : 시그나기 역사박물관 2층은 피로스마니 미술관이다. 여기에 전시되어 있는 그의 대표작.

3 세계인들에게 사랑받는 가요 〈백만 송이 장미Millions of Red Roses〉는 원래 라트비아인 레온스 브리에디스Leons Briedis가 소련의 압제 아래 있던 조국의 민족정신을 고취하기 위해 쓴 가사 〈마리냐가 준 소녀의 인생〉을 라이몬츠 폴스Raimond Pauls가 작곡을 해서 부르게 된 노래다. 1981년 라트비아 방송국 미크로폰스Mikrofons가 주최한 가요 콘테스트에서 아이야 쿠쿨레Aija Kukule와 리가 크레이츠베르가Liga Kreicberga가 불러 우승을 차지하였다.

　그러나 후에 러시아에서 조지아 여인을 어머니로 둔 소련의 시인 안드레이 보즈네센스키Andrey Voznesensky가 콘스탄틴 파우스톱스키Konstantin Paustovsky(1892~1968)의 단편소설 〈꼴히다〉(1934, 니코 피로스마니의 실제 사연을 배경으로 한 작품. '꼴히다'는 서부 조지아를 일컫는 고대 그리스어)를 읽고 이에 감명을 받아 그 내용을 니코 피로스마니의 이야기로 개작했는데 이를 알라 푸가체바Alla Pugacheva가 다시 부르면서 전 세계적인 명성을 얻게 되었다.

우다브노¹에서

프로텍터 몬타우²,

낮은 구릉과 끝없이 펼쳐진 푸른 초원에

문득 솟아오른 바위산 하나.

그 깎아지른 절벽에 수도원

라브라 있다.

마을도, 가축도, 논밭도, 과수원도,

사랑도, 미움도 아무것 없어

다만 황량하게 아름다운 우다브노 라브라.

그 동굴 벽에 그려진 〈최후의 만찬〉엔 다만

한 접시의 들꽃과 한 공기

구름.

천년을 거슬러 만 리를 넘어서

동서양이 만나는 조지아 동남쪽 끝

우다브노 몬타우.

그 깎아지른 벼랑에는

기독교의 둔황석굴 라브라 있다.

아름답게 쓸쓸한 신의 땅이 있다.

1 우다브노Udabno : 트빌리시 남동쪽 약 70㎞ 떨어진 황량한 초원지
  대 우다브노에는 '다비드 가레자David Gareja'라 불리는 수도원 단지
  가 있다. 이는 6세기경 메소포타미아 지방에서 이곳으로 기독교를 전
  파하기 위해 건너온 13인의 성부 중 한 명인 다비드 가르젤리St. David
  Garajeli가 아제르바이잔과 국경을 접한 이 지역 프로텍터 몬타우산에
  세운 것이다. 단지는 우다브노, 라브라Labra 등 몇 개의 동굴 수도원으
  로 구성되어 있는데, 이 중에서도 특히 산 정상의 깎아지른 절벽을 파
  고 지은 라브라 동굴 수도원은 비록 규모는 작지만 그 모습이 중국 서
  역의 둔황석굴과 매우 비슷하다. 유네스코 지정 세계문화유산이다.

2 프로텍터 몬타우Protector Montaw : 다비드 가레자 수도원 단지가 들어
  서 있는 해발 864m의 산.

트빌리시에서

실험실의 생쥐는

인간을 위해서 희생한다지만

실험실의 인류는 대체 그 누구를 위해서

희생해야 한다는 말이냐.

신을 위해서냐, 동물을 위해서냐, 아니면

인류의 죽음 그 자체를 위해서냐.

인민복이라는 가운을 걸치고

프롤레타리아 독재라는 실험실에서

이데올로기라는 그 검증되지 않은 신약 후보 물질을

주사기로

전 세계 인민의 머리에 강제 주입시킨 의사

레닌[1].

아직 임상臨床 1상一床 실험도 채 들어가기 전이었는데

이미 전임상前臨床 단계에서 죽어간 소련 인민의 숫자가

대체 몇천만 명이었더냐[2].

이제 와서

보다 나은 인류의 삶을 찾으려 선의로

저지른 일이니

그만 눈을 감아 달라고 용서를 구할 것이냐.

인간은 실험의 대상이 아닌 그 주체.

현자賢者의 셈법으로 1억이란

열을 헤아릴 수만 있어도 쉽게 가늠할 수 있는

숫자인데

그대는 그것을 손가락에 침을 발라 하나, 둘……

일일이 세고 있었구나.

그 셈을 세는 동안

그만큼의 인류가 또 희생을 당했구나.

아아, 허무하도다.

나 지금 조지아의 트빌리시

다국적 호텔 체인, 메리어트 카페의 창밖으로

무심히

루스타벨리[3] 에비뉴를 바라보고 있나니

지금은 폐쇄된 그 실험실의

정문 앞에 세워졌던 그대의 동상,

누군가가 끌어내

그 광장조차 '레닌 광장'[4]에서

'자유 광장'으로 이름을 아예

바꾸어버렸구나.

1 레닌Lenin : 1870년 소러시아 심비르스크Simbirsk(현재의 울리야노프스크 Ul'yanovsk) 출생. 본명은 블라디미르 일리치 울리야노프Vladimir Ilich Ulyanov 이며 소련 최초의 국가 원수를 지냈다. 러시아의 11월 혁명(볼셰비키 혁명, 구력 10월)의 중심인물로 러시아파 마르크스주의를 발전시킨 혁명이론가이자 사상가다. 무장봉기로 과도정부를 전복하고 이른바 프롤레타리아 독재를 표방하는 혁명정권을 수립한 다음 코민테른을 결성하였다. '니콜라이 레닌'은 1902년경부터 사용한 필명이다. 1924년 뇌일혈로 사망하였다.

2 1991년, 공산주의 체제를 버린 고르바초프 시절의 러시아 비밀경찰은 스탈린 통치 기간(1927~1953) 동안 정치적 숙청과 대기근, 민족 이동 등으로 약 1천만 명의 소련 인민이 사망했다고 공식 발표한 바 있다. 그러나 미국의 시.아이.에이C.I.A.의 주장은 약 2천만 명, 러시아 국민의 체감으로는 약 3천만 명이 죽었다는 견해가 보편적이다.

3 루스타벨리Rustaveli : 트빌리시를 동서로 관통하는 번화가. 그 중심 '자유 광장' 한쪽에 다국적 호텔 체인 메리어트Marriott가 자리 잡고 있다.

4 자유 광장Freedom Square : 조지아의 수도 트빌리시 루스타벨리 애비뉴 중심에 있는 광장. 원래는 레닌 동상이 서 있었는데 소련이 해체된 후 레닌 동상을 끌어내고 현재는 그 자리에 조지아의 건국신화에 나오는, 말을 타고 용을 무찌르는 모습의 성 조지St. George상이 세워져 있다. 광장의 이름 또한 '레닌 광장Lenin Square'에서 '자유 광장'으로 바뀌었다.

카즈베기 오르며

내 물어물어 여길 찾아왔나니
쿠라강[1] 건너, 십자가 언덕 너머
스테판츠민다[2] 게르게티 트리니티 교회[3].
그대는
해발 1,800미터의 언덕에 홀로 서서
카즈베기[4] 미킨바르츠베리 산정을
경건히 숭모하고 있구나.
아아, 장엄하도다.
하얀 만년설을 머리에 인 코카서스 제1봉.
일러 모든 성산聖山엔 신들이 거주하고 있다 하던데
야훼가 아니라,
알라가 아니라
프로메테우스[5]가 사는 그 산을 그대는 지금
찬양하고 있는 것이냐. 아니면
참회하고 있는 것이냐.
그것도 아니라면 너는 인간을 위해서 이제
그 무엇이라도 감히 신에게
반항할 수 있다는 것이냐.

1 쿠라Kura강 : 터키령 아르메니아 고원에서 발원하여 북쪽으로 흐르다가 조지아와 아제르바이잔 두 나라를 꿰뚫고 남동쪽으로 방향을 바꾸어 카스피해로 흘러 들어가는 강. 고대에는 이란에서 카스피해 연안의 아제르바이잔을 거쳐 터키로 오가는 실크로드의 주요 무역로였다.

2 스테판츠민다Stepantsminda : 러시아와 국경을 마주한 카즈베기 지역의 조지아 마을. 언덕의 높은 곳에는 삼위일체 교회가 있다.

3 게르게티 트리니티 교회Gergeti Trinity Church : 13세기에 지어진 삼위일체 교회.

4 카즈베기산Kazbek Mt : 조지아어로 '얼음 산'이라는 뜻을 가지고 있다. 코카서스산맥 중앙부에 위치한, 두꺼운 빙하로 뒤덮인 성층화산이다. 최고봉 미킨바르츠베리 봉Mkinvartsveri Peak의 높이는 5,047m다. 200km 서쪽에는 코카서스산맥에서 가장 높은 엘브루스Elbrus산(5,633m)이 있다.

5 프로메테우스 : 프로메테우스는 인간에게 맨 처음 문명을 가르친 장본인이다. 그리스 신화에 따르면, 그는 제우스가 감추어둔 불을 훔쳐 인간에게 전한 죄로 제우스 신의 노여움을 사 —헤라클레스가 풀어줄 때까지— 이 카즈베기산의 큰 바위에 쇠사슬로 묶인 채 3,000년 동안 날마다 낮에는 독수리에게 간을 쪼여 먹히고, 밤이 되면 간이 다시 회복되는 형벌을 받았다고 한다.

스탈린¹ 생가 앞에서

지식이 예지叡智를,

이념이 자유를 넘어 설 수 없는 법인데

지식과 이념의 완전을

종교처럼 믿었던 한 우매한 자

여기 살았노라.

이념은 본디 인간의 소산,

설령 신의 창조가 아닐지라도 인간이란

그 자체가 이미

완전한 존재가 될 수 없는 것이거늘

이 하늘 아래

인간이 만든 그 무엇이 그렇게

완전할 수 있다는 말이냐.

회의懷疑 없는 신념은 가면假面 속의 죄.

보라. 하필

그대의 생가² 뒤뜰에서 자라 곱게 핀

한 떨기 무궁화꽃을³,

꽃은 이념으로 피는 것이 아니라

사랑으로 피는 것이다.

1 스탈린Stalin : 소비에트 연방 공화국 공산당 제2대 서기장이자 총리.
   〈카레이스키 김치〉의 주석 참조.

2 스탈린 생가 : 트빌리시에서 북서쪽으로 80㎞쯤 떨어진 고리Gori에 스
   탈린을 기념하는 박물관과 그가 어린 시절을 보냈던 지하 1층, 지상 1
   층의 생가가 있다. 나무와 흙벽돌로 지은 두 칸짜리(15평) 초라한 오두
   막이다. 현재는 훼손의 위험 때문에 그리스·로마 신전神殿 풍의 대리석
   파빌리온으로 집 전체를 감싸놓아 마치 작은 성소聖所처럼 보인다. 왼
   쪽 옆 지하엔 스탈린의 아버지 비사리온 주가슈빌리Vissarion Jughashvili
   가 임대해 운영했다는 구두 수선점도 있다.

3 꽃나무가 거의 없는 스탈린 생가 뜰에 하필 우리나라의 것과 품종도
   똑같은 무궁화나무 한 그루가 덩그러니 꽃을 피우고 있다. 뭔가 시사
   적示唆的이다. 무궁화는 한국의 국화國花다.

우쉬굴리

세상 풍파 쫓겨서 예까지

온 것이냐.

신의 축복으로 이 땅에 온 것이냐.

하늘 내린 첫 마을

우쉬굴리[1].

소는 제 알아서 밖에 나가 풀을 뜯고

돼지는 제 맘대로 꿀꿀꿀

고샅길 드나드는데

하늘 바래 서 있는 코쉬키[2]처럼

무얼 먹고 사나. 바람 먹고 살지.

뭘 먹고 사나.

이슬 먹고 살지.

별들이 내려와 야생화로 핀

민드브리 그비릴라, 이비텔굴라, 굴리비텔라, 코치바르다[3].

초원의

페펠라[4] 군무群舞가 황홀하구나.

시하라 머리에[5] 만년설을 이고

신의 땅에 숨어 사는

에덴의 후예.

어떻게 사나. 물처럼 살지.

또 어떻게 사나. 구름처럼 살지.

1 우쉬굴리Ushguli : 조지아 북서쪽에 있는 소읍, 메스티아Mestia에서 46
km쯤 떨어진 코카서스산맥 해발 2,200m의 계곡에 위치해 남쪽으로 사
철 만년설을 이고 있는 시하라Shkhara산을 마주 보고 있다. 유럽에서는
하늘 아래 첫 동네로 꼽힌다. 갖가지 들꽃과 우리나라의 연초록 잔디
같은 므츠바네 민도리Mtsvane Mindori가 융단처럼 깔린 언덕에 중세 성
과 같은 코쉬키가 수없이 서 있고 달의 사원Moon temple(기독교가 전파되기
전 이곳 사람들은 달을 숭배하였다)과, 천 년 역사의 성 조지St George 성당도
있어 마치 중세의 어느 마을을 보는 듯한 착각에 빠진다. 유네스코 지
정 세계문화유산이다.

2 코쉬키Koshki : '스바네티안 타워Svanetian Tower'라고도 불린다. 20~25m
높이의 원통형 4~5층 석축石築 건물이다. 각 층의 내부는 사다리형의
나무 계단으로 연결되어 있고 지붕은 마치 책을 펼쳐서 엎어놓은 것과
같은 형태의 박공 구조다. 1층은 축사, 2, 3층은 살림집, 4, 5층과 꼭대
기는 외부 침략을 방어하기 위한 망루 겸 요새의 기능을 한다. 비상시
1층의 돌로 된 출입문을 닫아걸면 외부와 완전하게 단절된다.

3 들꽃들의 이름. 민드브리 그비릴라mindvri gvirila, 이비텔굴라yvitelgula(노
란색 혹은 하얀색으로 피는 5개 꽃잎이 마치 우리나라의 작은 영춘화 모양과 비슷하다),
굴리비텔라gulyvitela,(주황색 들꽃), 코치바르다kochivarda(보라색으로 우리나
라 꿩다리꽃과 비슷하다). 므츠바네 민도리Mtsvane Mindori(코카서스 산록에 마
치 초록 융단처럼 덮여 있는 우리나라 잔디 같은 풀).

4 페펠라pepela : 푸른 빛이 약간 감도는 연한 흰색의 작은 나비. 6~7월
경 우쉬굴리 계곡에는 페펠라 나비 떼가 마치 눈보라가 날리듯 군무를
춘다.

5 시하라Shkhara : 해발 5,201m 우쉬굴리 남쪽에 위치한 코카서스의 한 봉
우리로 정상의 만년설이 녹은 빙하수가 우쉬굴리 계곡을 적시고 있다.

바투미에서

항구 바투미[1],

흑해黑海가 바라다 보이는 카페

리베라 사나피오[2]에 앉아

몽돌 해안

그 부서지는 파도 소리를 듣나니

내 한생, 해안에 철썩대는 파도와

다름이 없었구나,

다소 짜지 않아도,

다소 맑지 않아도[3]

수평선 있으면 모두가 바다인 것을,

오가면 모두가 파도인 것을,

없는 황금 모피毛皮를 찾아[4] 내 어찌 지금까지

뭍으로 뭍으로

기어오르려고만 했던가.

삶의 정점에서

부서져 흰 포말이 되어버린 나의 바다.

흑해가 바라다 보이는 카페 리베라 사나피오에

홀로 앉아서

석양이 비끼는 몽돌 해안,

자드락 자드락[5], 부서지는 그 파도 소릴

듣는다.

1 바투미 Batumi : 조지아 남서쪽 흑해 연안에 있는 항만도시이자 굴지의 휴양지로 인구는 약 15만 4,100명(2015년 기준)이다.

2 리베라 사나피오Rivera Sanapio : 바투미 해안에 있는 레스토랑 겸 카페.

3 흑해의 물은 염도가 낮아 별로 짜지 않다. 바다의 대부분이 호수처럼 육지에 둘러싸여, 유입하는 강물은 많지만 유일하게 지중해로 빠지는 출구는 상대적으로 좁아 민물 함유량이 대양에 비해 훨씬 많기 때문이다. 거기다 수심조차 낮다. 그래서 바닥에 쌓인 부패한 침전물들이 항상 물 위로 떠올라 플랑크톤의 서식도 어렵다. 흑해의 물이 맑지 않고 검은빛을 띠는 이유다.

4 바투미의 해안 공원에는 메데이아Medea 기념탑이 있는데, 이는 다음과 같은 그리스 신화와 관련이 있다. 테살리아Thessalía의 왕 크레테우스Kreteus가 죽자 그의 어린 아들 이아손Iason은 배다른 형인 펠리아스Pelias에게 자신의 왕위를 빼앗긴다. 그 뒤 성인이 된 이아손이 어느 날 펠리아스에게 자신의 왕위를 돌려달라고 하자 펠리아스는 한 가지 조건을 내걸었다. 멀리 콜키스Kolkhis 왕국에 가서 황금으로 된 양털을 가지고 오면 돌려주겠다는 것이다. 그리하여 이 황금 모피를 얻기 위한 이아손의 모험이 전개된다. 그는 여러 영웅들과 함께 아르고Argo호로 흑해를 건너 바투미에 상륙, 원정을 계속한 끝에 드디어 콜키스 왕국의 수도 쿠타이시Kutaisi에 이른다. 그런데 콜키스의 왕 아이에테스Aeetes에게는 메데이아라는 딸이 하나 있었다. 그녀는 이아손을 보자 그만 사랑에 빠지게 되고 이아손은 용과의 싸움에서 메데이아의 도움을 받아 황금 양털을 얻는 데 성공한다. 그리고 고향으로 돌아가 빼앗긴 왕위를 되찾는다.

5 바투미 해안은 모래가 아닌 작은 몽돌로 뒤덮여 있어 물소리가 매우 특이하다.

13

세반호 파도 소리

— 아르메니아 —

알라베르디[1]

벼랑이 평지다.

거미줄에 걸린 풍뎅이처럼 허공엔

빈 곤돌라들이 매달려 있고

수도원 뒤뜰은 온통

자빠지고 드러누운 묘비들뿐이다.

꽃들은 매캐한

아황산 냄샐 풍긴다. 장미는 이미

녹이 슬었다.

평지가 벼랑이다.

식탐食貪은 어쩔 수 없다는 듯

구리 제련소의 높은 철탑이

마을을 덮치려 하고

낡은 화물 열차가 숨죽여

달아나고 있다.

공룡이다.

아파트는 발라 먹혔다.

앙상히 골조만 남았다.

그래 그렇지.

식후에 즐기는 한 모금의 끽연처럼 누군가

느긋하게 피워 올리는 산 너머 굴뚝의

하얀

담배 연기.

주라기 저쪽에서 다른 또 누군가가 이를

훔쳐보고 있다.

1 알라베르디Alaverdi : 아르메니아Armenia 북동부 로리Lori주에 위치한
작은 구리광산의 도시. 인구는 13,343명(2011년 기준), 조지아와의 국경
과 가까이 위치하며 아르메니아의 예레반Yerevan과 조지아의 트빌리시
사이를 연결하는 철도가 지나간다. 수직 수백 미터의 절벽이 만들어낸
데베드Debed 협곡 바닥과 그 절벽에 위태위태하게 전개된 시가지, 경
기침체로 삭막해진 거리, 낡아 부서진 주택, 제련소의 높은 굴뚝에서
피어오르는 하얀 연기, 폐허가 된 수도원과 구리광산의 낡은 시설들이
함께 어우러져 기묘한 초현실주의 풍경을 자아내는 도시다.

아흐파트 수도원

오래 두고 익혀 스스로

깊어진 지식이

참다운 진리가 된다 했으니

온고지신溫故知新이 아니더냐.

내 이름 아르메니아의 알라베르디

아흐파트 수도원[1]의 대도서관에서 깨우쳤나니

인간의 생각도 포도주와 같아서

이 곧 오랜 숙성 끝에

참다운 말씀이 되나니라.

옳도다.

아르메니아의 현자여.

8천 년을 전승한 그대들의

포도주 제작법[2]이 바로 학문이었구나.

아흐파트 수도원 스크립토리움[3]

바닥에 묻힌 그 수많은 항아리들은

기실 도서 수장고가 아니라

지식을 숙성시키는 와이너리, 바로 그

발효통들이었나니

옳도다.

아르메니아의 현자여.

1 아흐파트 수도원Monasteries of Haghpat : 아르메니아의 알라베르디에 있
는 그리스도교 수도원으로 10세기 후반에서 13세기 사이에 지어진 대
표적인 종교 건축물이다. 수도원, 성당, 여러 채와 종탑, 대학, 도서관
등으로 구성되어 있다. 유네스코 지정 세계문화유산이다.

2 인류의 포도나무 식재와 포도주 시음은 조지아와 아르메니아, 그중에
서도 오늘날 조지아의 카헤티 지역이 처음인 것으로 알려져 있다.(《텔
라비 지나며》 주석 참조) 그런데 최근 〈내셔널지오그래픽〉에 의하면 아르
메니아의 아레니Areni 지역에서 기원전 6100년경 포도주를 빚던 와이
너리 유적이 발견되었다고 한다.

3 스크립토리움Scriptorium : 아흐파트 수도원에 있는 대도서관. 1063년
에 지어졌다. 바닥에는 수많은 항아리가 묻혀 있는데 이는 중요 고문
서들을 보관했던 시설들이다.

세반호 파도 소리

그믐밤,

홀로 세바나방크 수도원[1]

아스밧사진교회 뒤뜰에서 귀 기울이면

그 날 노아의 방주에서 찰랑거리던

파도 소리가 들린다.

안개 낀 밤,

남몰래 아라켈로츠 교회 돌계단에 앉아서

조용히 묵상 기도를 드리면

잔잔한 세반호[2] 수면을 거니는

12사도의 뒷모습들이 보인다.

유달리

별들이 반짝이는 밤.

서걱거리는 세반호 모래밭을 노닐면

《구약성서》〈창세기〉 제1장을 봉독하는

누군가 어떤 크고 어지신 분의

얼굴 없는 그 낮은 목소리.

아라라트에서 이디르[3] 지나, 예레반 지나,

딜리잔[4] 오면

거기

이 세상에서 가장 잔잔하고 맑은 호수
세반호 있다.

1 세바나방크 수도원Sevanavank monastery : 세반호 입구에 있는 수도원.
  A.D. 305년 그레고리Gregory the Illuminator(Grigor Lusavorich)가 건축을 시
  작했는데 A.D. 874년 예수의 12사도가 세반호의 수면을 걷는 환상을
  보았다는 메스로프 마슈토츠Mesrop Mashtots의 보고에 감동한 쉬니크
  바사크Syunik Vasak의 부인 마리암Mariam 여왕이 대대적으로 확장해서
  오늘의 모습이 되었다. 경내엔 아스밧사진교회Surp Astvatsatsin(성모교회)
  와 아라켈로츠교회Surp Arakelots(사도 교회)가 있다.

2 세반호Lake Sevan : 아르메니아의 게가르쿠니크Gegharkunik주에 있으며,
  아르메니아는 물론 코카서스 지방 최대의 호수다. 면적 1,243㎢로 바
  다가 없는 내륙국 아르메니아에서는 바다로 여겨진다. 해발 약 1,900m
  의 고지에 있다.

3 이디르Igdir : 아라라트산 입구에 있는 터키의 작은 도시.

4 딜리잔Dilijan : 세반호 입구에 있는 아르메니아의 도시.

아라라트산

우리가 백두산을

마음대로 오르내리지 못하듯

그대들도 갈 수 없는 아라라트[1].

그래서 멀리 두고 바라만 봐야 하는,

그래서 맘에 두고 그리워만 해야 하는

성스럽기 그지없는 그대들의 산.

누군가는 거기에 에덴[2]이 있다 하고,

누군가는 거기에 이브 있다 하더라만

세상 사는 이치 또한

이 같지 않더냐.

그리는 사람 없이, 보고 싶은 사람 없이

막막한 이 한 생을 어찌 홀로

살겠느냐.

나 오늘 지척의

코르 비랍 수도원[3] 언덕 위에 올라서서

그 옛날 노아가 그러했듯

비둘기 한 쌍을 그대에게 날리노니[4]

아르메니아!

아르메니아!

노아의 핏줄이자 야벳의 후손[5]아,

슬퍼하지 마라.

동방의 한 성스러운 족속,

배달의 민족 또한 백두산을 그대처럼

마음대로 오르지 못하느니.

1 아라라트산Ararat Mt : 터키 동부, 이란 북부, 아르메니아 중서부 국경에
걸쳐 있는 산. 노아의 방주가 떠내려가다 멈췄고(《창세기》7:8~14), 부서
진 그 배 조각이 아직도 남아 있다고 전해지는 산이다. 정상의 30% 정
도는 항상 만년설로 뒤덮여 있다. 해발 5,137m의 대아라라트Greater
Ararat산과 해발 3,896m의 소아라라트Lesser Ararat산으로 구분되며, 산
세가 높고 험준한 휴화산이다. 페르시아 전설에서는 인류 요람의 땅이
라고 한다. 북쪽 아라스Aras 골짜기에 '에덴의 정원'이 있었다고 전해
진다.

　　아르메니아인들은 아라라트산을 '하나님의 집' 혹은 '마시스Masis'라
불러 어머니로 숭배하기도 하는데 이는 바빌로니아Babylonia의 '우라르
투Urartu(고지高地를 뜻함)'에 해당되는 것이라 할 수 있다. 1991년 아르메
니아 정부는 아라라트산을 아르메니아 공화국 및 아르메니아의 민족
주의와 민족통일주의를 나타내는 상징물로 지정하였다. 하지만 현재
는 이슬람 국가인 터키 국토의 일부여서 기독교도 아르메니아인들은
접근할 수 없는 땅이다.

2 에덴 :《성서》의 다음과 같은 묘사에 근거해서 아르메니아인들은 지
금도 아라라트산 어딘가에 에덴이 있다고 믿는다. 실제로 아라라트
산은 유프라테스와 티그리스를 포함한 4강의 발원지기 때문이다.
"강이 에덴에서 흘러나와 동산을 적시고 거기서부터 갈라져 네 근원이
되었으니 첫째의 이름은 비손이라 금이 있는 하윌라 온 땅을 둘렀으며
그 땅의 금은 순금이요. 그곳에는 베델리엄과 호마노도 있으며 둘째
강의 이름은 기혼이라, 구스 온 땅을 둘렀고 셋째 강의 이름은 힛데겔
(티그리스)이라, 앗수르 동쪽으로 흘렀으며 넷째 강은 유브라데스더라"
《창세기》2:10~14).

3 코르 비랍Khor Virap : 아르메니아의 수도 예레반 남쪽 30km 지점 아라
라트산을 지척에서 바라볼 수 있는 아라스Aras강 언덕의 수도원이다.

3세기 말 기독교를 전파하러 온 성 그레고리St. Gregory of Nyssa가 이교도였던 당시의 왕 티리다테스Tiridates에 의해 13년간 깊은 우물에 갇혀 지냈던 것을 기념하기 위해 13세기 전후 건립하였다. 'Khor Virap'이란 '깊은 우물'이라는 뜻으로, 지금도 이 수도원의 지하에는 그 우물터가 남아 있다.

전설에 의하면 그레고리를 우물에 가둔 왕은 후에 큰 병이 들었고 누구도 그 병을 치료하지 못하였다. 그런데 어느 날 그레고리가 예수의 기적으로 이를 고쳐주었고, 이에 감동한 왕은 그 자신도 기독교로 개종했을 뿐만 아니라 A.D. 301년, 아르메니아를 이 세상 최초의 기독교 국가로 선포하였다(로마에선 313년 콘스탄티누스 대제가 밀라노 칙령을 공표하여 기독교를 공인하긴 했으나 국교로 삼은 것은 392년 테오도시우스 황제 때이니 그보다 90년 전의 일이다).

4 방주에 들어가고 40일 동안 비가 내린 151일째 되는 날, 드디어 비가 그치자 노아는 하늘로 비둘기를 날려 그 비둘기가 올리브잎을 물고 돌아오는 것을 보고 드디어 뭍이 드러나기 시작했음을 알게 되었다(《창세기》7:10~24). 지금도 이곳의 노점상들은 관광객들에게 방생용 비둘기를 팔고 있다.

5 아르메니아인들은 자신들을 노아의 셋째 아들 야벳의 자손이라고 믿는다.

에치미아진 대성당

당신은 왜 황금 망치로
이 땅을 두드렸는가[1].
그 반석 위에 지은 세계 최초의
대성당 에치미아진[2].
그곳에 가면 하늘 땅이 하나 되고,
밤낮이 하나 되고 드디어
너 내가 하나 되나니
그 하나 됨을 일러 삼위일체라
하지 않던가.
오늘의 인류는 기실 누구나
실락원失樂園이 빚어놓은 디아스포라[3].
그 하나 됨을 위해서
예루살렘이, 멕카가, 구츠코가 그러하듯
당신은 황금 망치를 두드려
여기에 대성전을 하나 지었구나.
에치미아진,
이 땅 기독교 세계 최초의
대 신전.

1 5세기경에 기록된 아르메니아 문서에 의하면, 성 그레고리는 하늘에서 내려온 예수 그리스도가 황금 망치로 땅을 치는 환상을 본 후 그 자리에 에치미아진 성당을 건축했다고 전해진다. '예수가 하늘에서 내려온 곳', 즉 '독생자獨生子의 땅'이라는 뜻이다.

2 에치미아진Echmiadzin : 아르메니아의 수도 예레반 서쪽 18㎞, 에치미아진시市에 있는 세계에서 가장 오래된 대성당이다. 티리다테스왕이 아르메니아를 최초의 기독교 국가로 선포한 301년에서 303년 사이에 아르메니아의 수호성인이자 계몽가인 그레고리가 세웠는데, 이후 이슬람 세력에 의해 파손된 것을 1441년에 다시 복원하였다. 유네스코 지정 세계 문화유산.

　　에치미아진 대성당은 그 부속 박물관으로도 유명하다. 십자가에 매달린 예수를 창으로 찔렀다는 로마 군인 롱기누스Longinus의 창(《요한복음》19 : 34에는 단순히 한 로마 군인이 창으로 예수의 옆구리를 찔렀다는 사실만 기록되어 있으나 외경인《니고데모 복음서》3장에는 구체적으로 그 군인이 '롱기누스'임을 밝히고 있다)과 좌초된 노아의 방주에서 나왔다는 석판이 전시되어 있기 때문이다.

3 디아스포라Diaspora : 고대 그리스어로 '흩어지다'라는 뜻이다. 원래 팔레스타인을 떠나 세계 각지에 흩어져 살면서도 자신들의 종교(유대교)적 규범과 생활 관습을 잃지 않고 민족적 정체성을 지켜온 유대인을 지칭하는 말이었지만 오늘날은 그 의미가 확장되어 본토를 떠나 타지에서 자신들의 규범과 관습을 유지하며 살아가는 일반 민족 집단 또는 그 거주자들을 가리키는 용어로도 사용된다. 역사상 최초의 디아스포라는 바빌로니아와 아시리아의 침입으로 멸망한 고대 이스라엘 왕국의 유대인들이 고향을 떠나 팔레스티나 바깥쪽으로 퍼져 나가기 시작한 B.C. 734~B.C. 721년에 일어났다. 소위 '바빌론의 유수幽囚'라고 불리는 사건이다.

아르메니아 제노사이드 메모리얼

아찔하여라.

예레반[1] 교외의 흐라즈단강 언덕에

우뚝 솟은

아르메니안 집단 학살 추모탑[2].

불경스러울 진저,

끝이 날카로워서 창끝으로

마치 하늘을 찌르는 듯싶구나.

하늘을 원망하는 것이냐.

하늘 벽을 허물어

애통함을 고하고자 하는 것이냐.

예레미야!

예레미야!

"어찌하여 우리를 치시고

치료하지 아니하시나이까."[3]

신의 이름으로 수십만 명을 죽인

정교正敎와 이단異端의 접경 예레반에서

신은 살고 인간은 죽었도다.

아르메니아!

아르메니아! 정녕

그대는 신의 땅이냐.

아니면

인간의 땅이냐.

---

1 예레반Yerevan : 흐라즈단Hrazdan강을 끼고 발전한 아르메니아의 수도.

2 아르메니안 집단 학살 추모탑Armenian Genocide Memorial : 1894~1896
년과 제1차 세계대전 중이던 1915~1916년 두 차례에 걸쳐 오스만 투
르크Osman Empire Truk제국의 이슬람계 투르크인들이 이스탄불과 아나
톨리아 동부에 거주하던 기독교계 아르메니아인들을 대규모로 학살
한 사건(그중에서도 특히 제1차 세계대전 당시의 학살사건을 지칭함)을 추모하기
위해 예레반 교외, 흐라즈단강 언덕에 세운 탑. 이 사건으로 수십만 명
의 아르메니아인들(아르메니아는 150만 명, 터키는 20만 명이 사망했다고 주장한
다. 터키는 그것도 학살이 아니라 전쟁에 휘말려 죽은 아르메니아인과 터키인의 총숫자
라고 한다)이 죽었다. 탑은 칼끝 혹은 창끝 모양으로 되어 있어 마치 그
날카로운 창끝이 하늘을 찌르는 듯한 형상이다.

3 〈예레미야〉 14:19.

14

트로이 가는 길에

— 터키 —

넴루트에 올라

자연의 섭리를 거스를 수 있는 자,
곧 신이 되나니
신 이외엔 그 누구도 자연을
거스를 수 없기 때문이니라.
나 터키 땅 카흐타
타우루스산맥의 남동쪽 넴루트산[1] 정상에서
신이 되기를 열망했던
한 어리석고도 힘센 자[2]를 보았나니
그 역시 자연을 거슬러
하늘을 오르겠다고 결심했다 하나니라[3].
중력重力을 거스르는 일은 곧
자연을 거스르는 일,
그래서 우리는 비록 하늘에 닿지는 못한다
하더라도
허공을 나는 새를 신의 사자라 여기고
신은 항상 하늘에 계신다 하지 않더냐.
그러나 나 아직껏
하늘 높이 오르려 산 정상에
자신의 주검을 갖다 올려놓은 자를 보지도

들지도 못했거니

비록 산의 정상이라고는 하나 그 역시 중력에 끄을려

그만 땅에

묻히고 말지 않았더냐.

1 넴루트산Nemrut Dagi : 해발 2,134m로 터키의 카흐타Kahta에서 48km
떨어진 곳에 위치한 산. 타우루스Taurus산맥 남동쪽 능선의 가장 높은
봉우리들 중 하나다. 이 산의 정상에는 B.C. 1세기에 건설된 콤마게네
Kommagene의 왕 안티오쿠스Antiochus 1세의 무덤이 있다. 원래는 해발
2,109m였지만 산꼭대기 1,150㎡에 작은 돌을 50m로 쌓아 올려 왕의
묘를 조성한 까닭에 산의 높이까지도 2,159m가 되어버렸다. 지금도
이 지역에는 커다란 돌과 석상들로 둘러싸인 안티오쿠스 1세의 무덤
을 중심으로 코마게네 왕국의 유적들이 널려 있다. 이 산의 정상에 오
르면 아디야만Adiyaman 평원과 희미한 유프라테스강의 전경이 한눈에
들어온다. 세계 8대 불가사의들 중 하나며 유네스코 지정 세계문화유
산이다.

2 넴루트산에 자신의 묘를 건설한 콤마게네의 왕 안티오쿠스 1세.

3 동서양을 막론하고 천국天國, heaven은 하늘을 의미하므로 천국에 오른
다는 생각은 곧 하늘을 오른다는 말과 같다. 그래서 고대인들은 일반
적으로 하늘로 오르는 사다리나(라마교의 하늘 사다리, 기독교의 야곱의 사다
리, 이슬람교의 천국의 계단 등), 독수리(조로아스터교, 라마교) 혹은 비둘기(기독
교) 같은 새, 피라미드나 지구라트Ziggurat(이집트나 고대 메소포타미아)와 같
은 건축물을 종교적 상징으로 숭모하였다. 〈샤히진다 대 영묘〉, 〈강링
을 불어보리〉의 주석 참조.

데린쿠유 동굴 도시에서

나 언제인가 여름 한낮,
홀로 나무 그늘 아래서 쉬는데
따끔
정강이를 무는 개미 한 마리가 있어
무심코 잡아 죽이며 바닥을 보니
좁은 땅 구멍에서
수백, 수천 마리의 개미들이 떼 지어
부지런히 들락거리더라.
너희들도 그 속에서
사랑하고, 미워하고, 의지하고, 배신하고, 감사하고, 분노하
고, 저주하고, 용서하고, 시기하고, 질투하고, 무고하고, 모략하
고, 욕하고, 칭찬하고, 기뻐하고, 슬퍼하며……[1] 한 세상을 사는
동안
지은 죄 두려워 신께 용서를 구할지니
아무래도
네게는 너무나 커서 보이지 않을,
만물의 영장인 나를 너희들은 아마
신으로 착각할지도 몰라.

내 오늘 터키 땅 데린쿠유 지하도시[2]
복잡한 미로를 헤매다가 문득
내 믿는 하느님도 나를
한낱 개미로 여기실 것이라는 생각을
가져 보나니,
불경스럽게 또
하느님도 인간일 것이라는 생각을
해보나니.

1 졸시 〈개미〉(《마른 하늘에서 치는 박수 소리》, 오세영, 민음사, 2012)에서 인용.

2 데린쿠유 지하 동굴 도시Derinkuyu Underground City : 터키 중부 네브셰
히르Nevsehir주 카파도키아Kapadokya 지역의 데린쿠유 행정구에 있는,
세계에서 가장 규모가 큰 지하 동굴 도시. 주도인 네브셰히르에서 29
km 떨어진, 네브셰히르와 니데Nigde의 중간지점에 위치해 있다. 카파
도키아에서는 이 외에도 카이마클리Kaymakli, 마즈쾨이Mazlkoy 등 40여
개 이상의 지하도시들이 발견되었다.

B.C. 8~7세기에 프리지아인Frisians(네덜란드, 덴마크, 독일의 일부 지역에 흩어
져 사는 게르만인의 일파) 들이 처음 건설했고 이후 기독교인들이 로마제국
과 ─특히 7세기에 이르러─ 이슬람 세력의 종교 박해를 피해, 근대에
와서는 20세기까지 카파도키아의 그리스인들이 오스만제국의 정치
적·종교적 탄압을 피해 숨어 살던 곳이다.

1923년 그리스와 터키의 상호 주민 교환으로 버려졌다가 1963년 재
발견 되었다. 어느 날, 우연히 마을에서 닭 한 마리가 이 지하도시의
작은 구멍(환기통) 속으로 빠진 것이 빌미가 되었다고 한다. 현재 볼 수
있는 유적은 모두 A.D. 5~10세기 즉 중기 비잔틴 시대에 속하는 것들
이다.

이 지하도시는 수용 규모 인구 2만~5만 명, 넓이 약 185㎡, 연면적
650㎡, 총 11개 층에 지하로는 85m 깊이까지 이어진다. 카파도피아
의 다른 지하도시들과 마찬가지로 적들의 침입에 대비한 여러 방호시
설과 예배당, 교실, 식당, 침실, 부엌, 마구간, 창고, 와인과 식용유 저장
고, 심지어 무덤 등 다양한 생활시설들이 갖추어져 있다. 제일 가까운
지하도시인 카카이마클리와는 길이 8km의 터널로 연결되어 있기도 하
다. 유네스코 지정 세계문화유산이다.

코니아[1]

그 크기가 우주로 들어올 수 없을 만큼 크신

존재이지만

뜻이 있으면

사람의 마음속은 언제 어느 때나

자유스럽게 들어오실 수 있다는 분[2],

그런 분이 바로 신이라는데

지상에서 발을 뺄 수 없는 인간은 어찌

당신께 다가 갈 수 있으리.

배화교도 섬기는 독수리가

되어야 할까.

기독교도 섬기는 비둘기가

되어야 할까?[3] 아니야, 아니야,

나는 이교도.

독수리도, 비둘기도, 참새도 아닌

검은 망토 벗어 던진 세마젠[4]처럼

하늘 하늘 하늘 나는

나는 흰 나비.

날다 지쳐 하늘 끝 추락할 양이면

네이[5] 피리 선율에 날개를 접고

날다 날다 또 지쳐서
미끄러질 양이면
알라 옷자락 살포시 잡고,
팔랑팔랑 하늘 나는
나는 흰 나비.

1 코니아Konya : 터키 중부 코니아주의 주도. 앙카라Ankara 남쪽 240㎞에 위치한 인구 약 96만 7,000명의 도시. 12~13세기 셀주크 투르크Seljuk Turk의 수도였다. 많은 고대 문명 유적들이 남아 있으며 특히 이슬람 신비주의 수피즘을 추종하는 메블라나 단(신비주의 수피즘)의 발상지로 유명하다.

2 13세기 중세 이슬람 최고의 지성이자 메블라나 단을 창시한 메블라나 제랄렛딘 루미는 그의 시에서 "신은 우주로 들어올 수 없을 정도로 크지만 사람의 마음에는 언제나 들어올 수 있는 존재"라고 하였다. 〈디리바바 영묘〉 주석 참조.

3 배화교의 독수리는 신의 사자使者를, 기독교의 비둘기는 성신聖神을 상징한다.

4 세마젠Semazen : 세마의식Mevlevi Sema에서 수피 춤을 추는 수도자. 세마의식은 이슬람의 한 종파인 '수피즘'에 기반해서 유일신 알라와의 소통을 염원하는 메블라나 단의 신비적인 명상 춤, 일명 '수피 춤Sufi dance'을 추는 행위가 중심을 이루고 있다. 세마젠들은 흰 저고리와 흰 치마(수의를 상징)에 검은 망토(무덤을 상징)를 걸치고, 갈색 모자(묘비를 상징)를 쓴 모습으로 오른손은 위를(신과의 합일), 왼손은 땅을 가리키면서 (메블라나의 가르침인 사랑, 관용, 평화를 이 지상에 실현하는 것) 시계침이 도는 방향으로 몸을 계속 회전하는 동작을 통해 신과의 합일을 체험하는 무아지경에 빠진다. 유네스코 지정 세계문화유산이다.

5 네이ney : 대나무나 등나무 줄기로 만든 길이 40~80㎝의 이슬람 전통 피리. 세마젠은 이 '네이' 연주에 맞춰 춤을 춘다. 고대 종교의식에서 피리는 일반적으로 그 음률이 하늘로 상승한다는 점에서 신의 악기로 간주되어 왔다. 기독교 의식에서는 파이프 오르간의 연주가 이를 대신한다. 동양의 불교에서도 비천飛天은 피리를 불면서 하늘로 비상하는 모습이다.

트로이 가는 길에

트로이[1] 가는 길엔

아무것도 없더라.

널브러진 돌멩이와 사금파리뿐

물어물어 가는 길은 삭막하더라.

소똥, 말똥, 염소똥 널려진 것 이외

부서진 목마木馬 하나 덜렁 서 있는

차나칼레 테브피케[2] 트로이 가는 길은

쓸쓸하고 적막하기

그지없더라.

그때 불던 바람만 오늘 다시 불고

그때 끼던 구름만 다시 끼더라.

아름다움 지키려는 출정出征이라면

내 아들 죽어도 서럽지 않다던

성벽 앞 그 노인의 외마디 탄성[3]도

전쟁도, 사랑도, 그 무엇도

이제는

아무것도 찾아볼 수 없더라.

물어물어 트로이 가는 길섶엔

우리나라 민들레만

피어 있더라.

1 트로이 유적Archaeological Site of Troy : 터키 차나칼레주 테브피케에 있
는 고대 트로이의 유적. 독일의 부호이자 고고학자인 하인리히 슐리만
Heinrich Schliemann이 1870년경부터 20년에 걸쳐서 발굴했다. 호메로스
Homeros가 쓴 《일리아드Ilias》의 배경이 된 곳. 1998년 유네스코 세계문
화유산으로 지정되었다.

2 차나칼레Çanakkale 테브피케Tevfikiye : 트로이가 소재하고 있는 터키 지명.

3 타이코스코피Teichoscopy의 조망 : 서사시론敍事詩論에서 '담장 너머 바
라보기' 혹은 '상황중계'라는 뜻의 기법. 그 하나의 실례로 호머의 《일
리아드》엔 이런 에피소드가 있다. 그리스군의 공략으로 트로이의 젊
은 남자들이 전투에 나가 무수히 목숨을 잃게 되자 집에서 그들의 무
사 귀환을 기다리던 아내와 부모들은 이 전쟁의 발단이 된 헬레나(트로
이의 왕자 파리스의 왕비)의 불륜을 질타하고 그녀를 트로이에서 내쫓기 위
해 파리스 왕자와 헬레나가 함께 성 밖의 전투를 관람하고 있는 성내
의 높은 누각으로 몰려들었다. 그 순간이다. 마침 석양빛에 물든 헬레
나의 미모는 얼마나 아름다웠던가. 그 황홀한 자태를 처음 접한 시위
주동자 노인은 그녀를 쳐다보자마자 한동안 넋을 잃고 아무 말도 할
수 없었다. 그를 따르던 소란스런 군중들 역시 일시에 얼어붙었다. 잠
시 침묵이 흘렀다. 그러자 노인은 마침내 이렇게 외치고 만다. "진정 아
름다운지고. 이 세상에 저렇게도 아름다운 여자가 어디 또 있을까. 이
런 여자를 지키기 위해서라면 내 아들이 전쟁에 나가서 싸우다 죽는다
해도 결코 슬플 것 같지가 않구나."

보스포루스 해협을 건너며

남북이 그렇고

부르주아, 프롤레타리아트가 그러하듯

애초에 하나인 자, 둘로 나뉘어 된

반쪽들이라면

이제라도 당연히

합쳐 하나 됨이 순리 아니겠느냐.

그 하나 됨을 위하여 자고로 인간들은

한쪽이 다른 한쪽을 멸滅해

없애버리려 했느니

동양을 살육한 알렉산더가,

서양을 분탕질한 칭기즈칸이,

아니 레닌이,

스탈린이 그리하지 아니하였더냐.

그러나 한 인간의 각각 반쪽씩인 남자와 여자는

오랜 열망의 기다림 끝에 제 짝을 만나

사랑으로 비로소 하나 되나니[1]

아아, 장엄하도다.

보스포루스 해협[2]을 연결한

야부즈 술탄 셀림 브리지[3],

그대는 역사상

알렉산더가, 칭기즈칸이 하지 못했던 일을

당당히 이루어 냈구나.

실크로드의 한쪽 끝이자

국토가 분단된 동방의 한 나라,

신라가

드디어 그 일을 해냈구나.

보라. 해협을 사이에 두고 동·서양이

서로 만나 합궁合宮해서

하나 되는 그 황홀한 모습을.

1 그리스 신화에 의하면 결혼이란 원래 한 몸이었던 존재가 이승에서 둘로 나누어져 각각 반쪽만의 상태로 지내다가 다시 그 잃어버린 반쪽을 만나 원래대로 하나가 되는 일이라 한다.

2 보스포루스Bosporus 해협 : 길이 30㎞, 너비 550~3,000m, 수심 60~125m로 흑해와 지중해가 만나는 지점의 유럽과 아시아를 가르는 좁은 해협. 이스탄불은 이 해협의 동서 해안 즉 아시아 쪽 해안과 유럽 쪽 해안에 걸쳐 시가지를 형성하고 있다.

3 야부즈 술탄 셀림 다리Yavuz Sultan Selim Bridge : 2016년 8월 보스포루스 해협에 놓인 세 번째 다리. 한국의 현대건설과 SK건설이 불과 3년 2개월 만에 완공하였다. 왕복 8차선의 자동차 도로와 복선철도로 구성되어 있고 총연장 2,164m, 해협 구간인 중앙경간은 1,408m다. 이 중앙경간은 사장교 기준으로만 볼 경우 세계에서 가장 길고, 현존하는 현수교 기준으로도 세계 4위다. 다리를 지탱하는 두 개의 주 탑은 프랑스 파리의 에펠탑보다 높다.

이스탄불

약탈혼도 혼인은 혼인인 것,

얼마나 사모하면 그리했으리.

다행히도 두 청춘 사랑에 빠져

행복한 허니문에 취해 있다 하더라.

서양의 풍습을 따른 것인지

신부는

처녀 이름 비잔티움[1]을 버리고

지금은 신랑의 성姓으로 대신했다 하나니

이스탄불[2],

보스포루스 해협의 그 잔잔한

파도 소리와

시가지에 만개한 튤립[3] 꽃들은

이를 축복하는 지구의 갈채와 환호가 아니겠느냐.

자고로 하늘 땅이 만나면

세상을 열고

밤낮이 만나면 생명을 잉태한다 했으니

동에서 서, 서에서 동으로

비단, 황금 져 나르던 고행길이

이제는

처갓집 드나드는 신행길 되었구나.

한쪽 끝은 이스탄불, 또 다른

한쪽 끝은 서라벌⁴,

아아, 그 이름도 아름다운

실크로드.

1 비잔티움Byzantium : 동로마의 수도, 지금의 이스탄불.

2 이스탄불Istanbul : 보스포루스 해협을 끼고 그 양안에 위치한 인구 1,500
    만의 고도古都. 세계를 지배한 2대 강국, 즉 동로마 비잔틴제국과 오스
    만투르크제국의 수도였다. 이 도시는 2,000년이 훨씬 넘는 긴 역사를
    통해 동서양 문화와 상업의 교류지로서의 역할을 다해왔다. 원래 비잔
    틴제국 시절에는 '비잔티움' 혹은 '콘스탄티노플constantinople'로 불렸
    으나 터키가 점령한 후 지금의 '이스탄불'로 개칭되었다. 이스탄불 역
    사지구는 유네스코 지정 세계문화유산이다.

3 튤립은 현재 터키의 국화다. 튤립 하면 우리는 일반적으로 네덜란드를
    먼저 떠올리기 마련이지만 원산지는 원래 터키다. 오늘날의 유럽 튤
    립은 한 프랑스인이 터키를 여행하다가 튤립의 원조인 오스만르 랄레
    시Osmanli lalesi를 유럽으로 가져가 네덜란드에 전파한 것이 널리 번성
    한 것이다. 이스탄불의 4월은 온통 튤립 꽃 세상이다. 에미르간Emirgan
    공원, 술탄 아흐메드Sultan Ahmed 광장, 귈하네Gülhane 공원 등 이스탄
    불 전역의 관광 명소와 거리, 광장 등지에서 일제히 튤립 꽃 축제가 열
    린다.

4 서라벌 : 한국 경주의 옛 명칭, 옛 신라의 수도.

길 위의 시간, 시간 위의 길
오세영 시집《황금 모피를 찾아서》읽기

우리는 풍광에서 꿈을 배제하고 상상력이 통하지 않는 지도만 가지고는 여행할 수 없다. 그런 지도로는 도로 지도가 가장 대표적인데, 우리가 세계를 접할 때 경이로움을 지워버리도록 부추긴다. 어떤 땅을 생각할 때 경이로움이 사라져버린다면, 우리는 길을 잃게 된다.

—로버트 맥팔레인R. Macfarlane, 《거친 곳들》, 수전 휫필드S. Whitfield 외 지음,
《실크로드》에서 재인용)

오민석(문학평론가·단국대학교 교수)

I.

그동안 스무 권이 넘는 시집을 낸 오세영 시인이 배낭을 메고 실크로드로 떠났다. 이 시집은 한국에서 시작하여 중국, 파키스탄, 키르키스탄, 우즈베키스탄, 이란, 아제르바이잔, 조지아, 아르메니아를 거쳐 터키까지 실크로드를 날 몸으로 통과해온 한 시인의 발자취다. 그는 텍스트 바깥의 물과 공기와 바람과 흙의 공간을 오래 떠돈 후에 다시 텍스트로 돌아왔다. 좁은 시공간에서 악다구니하는 나 같은 독자가 이 시집을 읽고 처음 느낀 것은 모종의 '장쾌함'이었다. 이 장쾌함은 오랜 시간대를 몸으로 거쳐온

사람에게서만 나는 냄새다. 이 호방함은 무수한 공간과 문화의 "경계를 넘고 간극을 메우는"(레슬리 피들러Leslie A. Fiedler) 자에게서만 나오는 소리다. 이 시집의 크로노토프chronotope로 빠져들면, 마치 '이상한 나라의 앨리스'처럼 진부한 일상에서 갑자기 벗어나게 된다. 하다못해 실크로드의 먼 동쪽인 경주에라도 다시 다녀오고 싶은 욕망이 일어나는 것이다. 제사題詞에도 인용했지만 여행의 길잡이는 지도가 아니라 다른 문화에 대한 '경이로움'이다. 경이로움이 없을 때 여행은 끝나며, 경이로움이 사라진 공간 이동은 여행이 아니다. '다른 것'에 대한 경이로움이 우리를 현재의 자리에서 벗어나게 만든다. 오랜 관록의 시인인 오세영은 아마도 '지금, 이곳'이 아닌 다른 시간, 다른 공간의 경이로움을 향하여(실크로드에) 발을 디디기 시작했는지도 모른다. 그는 이 긴 여행을 통해 차이 속의 동질성, 동질성 속의 차이들을 발견한다. 그리고 시간과 공간의 경계를 넘어 '인류'의 공통적인 욕망과 고통과 소망을 읽어낸다.

지금 창밖엔 눈이 내리고,
휴전선 철책에도 눈이 내리고
마하연摩訶衍, 만폭동萬瀑洞, 장안사長安寺 빈 뜰에도 눈

이 내리고

　　우리는 지금 아무 데도 갈 곳이 없구나.

　　만물상萬物相도

　　구룡연九龍淵도 보지 못하고

　　옛 장전포長箭浦

　　온정리 술집 한구석에 멍하니 앉아

　　아득히 눈시울만 붉히고 있다.

— 〈눈 내리는 온정리〉 중에서

　배치상 실크로드로 향하는 시인의 첫발자국은 1부의 한국에
서 시작된다. 위 시의 화자는 "지금 아무 데도 갈 곳이 없구나."
라고 중얼거리는데, 실크로드를 향하여 길을 떠나기 전 시인이
가장 먼저 부딪힌 현실은 역설적이게도 "갈 곳이 없"는 한국의
분단상황이다. 가야 하는데 갈 곳이 없다니, 이런 기막힌 일이
어디 있나. 그러므로 시인의 발걸음은 중국으로 가는 실크로드
의 첫 번째 관문인 북한을 경유하지 못하고 우회하지 않으면 안
된다. 출발을 앞에 둔 시인이 마음대로 넘어갈 수 없는 세계 유
일의 이 금기의 공간은 이 여행자-시인을 "술집 한구석에 멍하
니 앉"혀놓고 "눈시울"을 붉히게 한다. 이렇게 여행은 느낌을 남

기고, 역사를 다시 기록하고, 지도상의 무의미한 '장소'를 유의미한 '공간'으로 바꾸어놓는다. 시공간이 작가의 개입에 의해 독특한 크로노토프로 다시 태어나는 것처럼, 여행자-시인에 의하여 장소는 "유동적 요소들의 상호 교차"인 "공간"(미셸 세르토M. de Certeau)으로 다시 태어난다. 세르토에 의하면, 이런 점에서 "공간은 실천된 장소"다. 여행은 주체가 지도상의 장소에 발자국을 남기면서 의미의 공간을 생산하는 행위다.

II.

그리고 나를 응시하는 또 다른 내
눈동자.
자네는 무엇을 보았나.
매운 모래 바람 정면으로 받으며
해를 굴리는 지평선 끝 사내를 보았나?
미이라 애절한 휘파람을 들었나?
둔황敦煌에서 쿠처庫車까지
사는 곳 타클라마칸塔克拉玛干 저
삭막한 사막,

천년 누란樓欄의 미인은

종적 없는데

자네는 한 마리 여윈 낙타되어

절뚝절뚝 사구砂丘의 언덕을 오르고

나는 한 마리 바람난 당나귀 되어

비틀비틀

사구의 기슭을 헤매고.

— 〈우리 사는 곳 — 명사산에서〉 중에서

북한을 우회하여 화자가 처음 발을 디딘 곳은 중국이다. 이 시는 화자가 장소를 어떻게 공간으로 환치하는지 잘 보여준다. 화자는 두 개의 눈("나를 응시하는 또 다른 내/ 눈동자")을 가지고 있다. 하나는 자신의 눈이고, 다른 하나는 장소에 의미를 부여하고 그 속에 있는 자신을 다시 읽어내는 눈이다. 이 시에서 "자네" 와 "나"는 사실상 한 주체가 읽어낸 두 개의 모습이다. "절뚝절뚝 사구의 언덕을 오르"는 "여윈 낙타"는 주체에 의해 의미가 부여된 대상-공간이고, "한 마리 바람난 당나귀 되어/비틀비틀/사구의 기슭을 헤매"는 "나"는 그렇게 의미가 부여된 공간에서 주체가 자신을 다시 읽어낸 모습이다. 이렇게 하여 여행자는 대상과 자신을 맞대면시킨다. 결국 여행은 주체가 낯설고 "경이로운" 장소에 말을 거는 행위다. 이 '말 걸기'에 의해 장소는 공간으로 환치되며, 무의미의 지도는 비로소 의미를 갖는다. 그리하여 "미이라 애절한 휘파람", "천년 누란樓欄"은 주체와 대상이 공동으로 소유하며 공동으로 느끼고 공동으로 해석하는 작업 안으로 들어온다. 그리하여 '저쪽'의 "경이로운" 공간은 '이쪽'에게도 친숙한 공분모公分母의 공간이 된다.

> 네 일생의 소원이 무엇이냐.
> 속인은 일러 혹
> 돈을 버는 일이라 하고 혹,
> 권력을 쥐는 일이라 하고 혹,
> 절세의 미녀와 일생을
> 함께 사는 일이라 하더라만
> 이도 저도 다 틀렸다 오직
> 절대 자유에 드는 일이라고
> 주장하는 사람이 있더라.
> 내 우직한 판단에도 그럴 법해 보이나니
> 돈에 구속당하고,

권력에 구속당하고,

미녀에 구속당해 살기보다 차라리

이 모든 것으로부터 초월해서 무애자재하게

살 수만 있다면 그 어찌

행복하다 하지 않겠는가,

— 〈둔황석굴〉 중에서

이 시의 주석에 의하면 혜초慧超의 《왕오천축국전》이 발견된 곳도 바로 세계 최대 석굴사원인 '둔황석굴'이다. 고대 불교의 철학과 예술과 정치, 사회의 다양한 정보가 숨겨져 있는 이 장소에서 화자가 읽어내는 것은 시대와 장소를 떠나 장구長久하게 유통되는 '공통의' 진리다. 먼 고대에 "절대 자유에 드는 일"이 가장 중요하다고 말한 석가세존의 주장과, "무애자재하게" 사는 것이 가장 의미 있다고 생각하는 화자의 생각은 동일하지는 않더라도 명백한 '공분모'를 가지고 있다. 역으로 돈, 권력, 섹스("미녀")에 대한 탐닉이 "속인"의 것이라는 인식 역시 마찬가지다. 예나 지금이나 속인은 이런 것들을 추구하고, 진실한 사람들은 "절대 자유"와 "무애자재"의 삶을 추구한다. 그러므로 오세영이 여행을 통해 읽어내는 것은 무엇보다도 '초超시간적인 진리들'이다. 유구한 세월이 지나도 진리 내용이 바뀌지 않는다고 말하는 것은, 역설적으로 시간의 덧없음, 세월의 허망을 반추하는 행위다. 바뀌지 않는 시간의 유구한 선line 위로 얼마나 많은 사람들과 사건들이 지나갔는가. 그러나 유한자인 인간은 시간을 이겨내지 못하고, 가장 아름다운 육신도 시간 앞에서 사라져간다. 셰익스피어가 자신의 소네트(116번)에서 "장밋빛 뺨과 입술도 시간의 구부러진 칼날 아래 있다"라고 말한 것도 이런 이치에서다.

아, 파미르
거대한 시간의 호수.
에서 더 흐를 수 없는 시간의 쪽배에 앉아
내 지금 찰랑거리는 수면을 들여다보나니
과거, 현재, 미래라는 것이 이 얼마나
부질없는 말이뇨.
일찍이 서역을 정복한 고선지가
백만대군을 거느리고 개선했던 고성, 스토우청
그 폐허에 핀 봉숭아 꽃잎이
눈물겹고나.

— 〈아, 파미르〉 중에서

중앙아시아의 남동부에 위치한 파미르고원을 지나면서 화자는 당나라 장군인 되었던 고구려 유민 '고선지'를 떠올린다. 그는 무슨 이유로 어떤 세상을 떠돌아 먼 이국異國의 장군이 되었을까. 많은 공을 세웠으나 사소한 이유로 참형을 당했던, 그야말로 지도상의 경계를 허문 자다. 하필이면 그가 전쟁에서 승리하고 개선장군으로 입성했던 스토우청, 그 폐허엔 왜 봉숭아꽃이 만발한가. 오세영은 주석에서 불교의 전래를 따라 봉숭아꽃이 한국에 이식된 것으로 추측한다. 그러므로 파미르 공원은 인종과 종교와 생물의 경계들이 마구 교차하고 갈라졌던 공간이다. "그 폐허에 핀 봉숭아 꽃잎"은 이국에서 공적을 세우고 끝내 참형을 당했던 한 고구려 사내를 소환한다. 이 모든 사건의 흔적 위에서 화자가 읽어내는 것은 시간적 경계의 무의미함이다. 그리하여 그는 "과거, 현재, 미래라는 것이 이 얼마나/부질없는 말이뇨."라고 읊조린다. 그 모든 영웅들과, 그 모든 목숨을 건 싸움들도 시간의 칼날 아래 들어있다. 여행자는 시간의 절대적인 지우개 앞에 사라진, 그러나 삶의 무늬로 남아 있는 '지문地文, landscript'을 읽어낸다. '지문'은 건축가 승효상이 만들어낸 용어로 "땅 위에 새겨진 자연과 삶의 기록들"을 의미한다. 여행자-주체는 경계를 넘어 이동하면서 그 위에 새겨진 기록들을 그냥 읽는 것이 아니라, 자신의 패러다임으로 다시 읽고, 다시 쓰고, 다시 해석한다. 그러므로 동일한 길 위의 여행자-주체도 (관점에 따라) 서로 다른 읽기와 해석을 남긴다.

III.

나는 다른 지면에서 〈불의 상상력—오세영론〉이라는 글을 쓴 적이 있다. 이 글은 오세영의 시 세계에 대한 일종의 총론總論인데, 여기서 내가 말한 오세영 시 세계의 특징 중 하나는 소위 '이항 대립binary opposition'에 대한 철저한 거부다. 그의 문학은 결국 '불'의 에너지로 이루어져 있는데, 이 에너지는 이항 대립을 무너뜨리고 세계가 이질적인 것들의 결합, '비동시성의 동시성'으로 이루어져 있음을 보여준다. 그가 '이념'을 거부하는 것도 그것이 이항 대립의 폭력성을 가지고 있으며, 그런 구도로 세계를 극단적으로 단순화시키기 때문이다. 그가 볼 때, 세계는 '마니키아적Manichaean' 이분법으로 나누어지지 않으며, 이질적인 것들의 상호침투 혹은 상호내주相互內住로 이루어져 있다. 오세영은 실크로드의 지문地文 읽기에서도 유사한 입장을 보여준다.

이 세상 모든 이분법은

문화의 소산.

그 경계를 지우려

인간이 만든 탑 그 정상에 올라 새처럼

허공으로 몸을 던져 마침내 날아간

아아, 그 인간의 딸.

—〈메이든 탑〉 중에서

　"메이든 탑"은 아제르바이잔의 '바쿠'라는 올드 시티에 있는
탑의 이름이다. 오세영의 주석에 따르면 "딸과 사랑에 빠진 왕
과 그 딸의 자살"이라는 비극적인 이야기가 이 시의 소재다. 이
이야기는 아제르바이잔에서는 워낙 유명해 "시와 연극의 보편
적인 주제가 되고 있다"고 한다. 위 시는 "이 세상 모든 이분법
은/문화의 소산"이라고 말하고 있는데, 그렇다면 여기에서 말
하는 "문화"란 라캉적 의미의 '아버지의 법칙Father's Law'이다.
'아버지의 법칙'은 체제를 유지하고 효과적으로 관리하기 위한
팔루스Phallus의 명령이다. 그것을 지키지 않는 자들은 '악' 혹은
'비정상'으로 분류되어 처벌당한다. 오세영은 욕망이 그 어떤 시
스템으로도 억압 혹은 설명 불가능한 것임을 잘 알고 있다. 그리

하여 실제로는 '투신자살'이었던 행위를 이 시에서는 "허공으로 몸을 던져 마침내 날아간" 것으로 묘사하고 있다. 오세영은 그 것을 죽음이 아니라 경계를 넘어가는 '유목민'적 주체의 상향적 탈주脫走로 묘사하고 있는 것이다. 그것에 그 어떤 이분법의 잣 대를 들이대는 것은 옹졸한 윤리적 시스템밖에 없다.

오세영이 말하고자 하는 것은 윤리나 도덕, 문화나 이념의 혼 종성hybridity이다. 그 어떤 윤리, 도덕, 이념도 가치와 사유의 무 균상태, 진공상태에서 만들어지지 않는다. 또한 그 어떤 문화도 주체의 철저한 고립과 분리 속에서 만들어지지 않는다. 모든 문 화는 혼종, 뒤섞임, 스며듦에 노출되어 있으며, 광대한 실크로 드라는 공간에 흩뿌려진 의미소들은 문화가 강력한 대타자the Other의 규범에 의해 일괄적으로 부여되는 것이 아님을 보여준 다. 그것들은 시간과 공간의 경계를 마구 허물면서 장구한 세월 과 끝없는 거리를 뛰어넘어 서로가 서로를 섞는다. 이 섞임과 침 투와 스밈, 즉 혼종성의 증거가 실크로드라는 공간 전역에 흩뿌 려져 있다.

머리카락 간질이는 바람 소리에 귀
기울이면

카라쿰사막을 건너, 톈산산맥을 넘어

신라 땅 경주까지

황금, 융단을 싣고 오가던 대상들의

낙타 방울 소리가 들린다

아,

노을이 비끼는 이스파한,

시오 세 폴 다리 아치에 포근히 안겨

자얀데 푸른 수면을 나르는 물새들을

바라다보면

옛 신라 여인들의

가녀린 귓불에서 반짝거리던 유리구슬,

그 속에 비치는 하늘이 보인다.

그 청자 빛 하늘이……,

—〈이스파한〉 중에서

　시인의 주석에 의하면 경주의 유적에서 발견된 "유리구슬"들
은 저 멀리 페르시아에서 "낙타 방울 소리" 울리며 경주까지 온
것들이다. 이런 물건들은 현지 사람들의 생활과 몸에 파고들었
다. 그 혼종의 문화는 그 옛날 "카라쿰사막을 건너, 톈산산맥을

넘어/ 신라 땅 경주까지/ 황금, 융단을 싣고 오가던 대상들"에 의해 산개散開, dissemination된 것들이다. 그러므로 간단히 말해, '지구는 하나'다. 지리적, 군사적, 경제적, 외교적 국경들은 지구가 하나라는 사실을 위반하는 폭력의 범주들이다. 유목민처럼 실크로드의 모든 경계를 넘어 이동하는 시인에게 이와 같은 경계들은 아무 의미가 없다. 그것은 "무애자재"의 삶을 사는 시인에게 하찮은 장애물들에 불과하다. 그러므로 이 시집이 하는 일은, (크게 말해) 경계를 부수고 문화의 혼종성을 읽어내며 세상이 하나라는 사실을 확인하는 것이다.

> 아제르바이잔의 수도
> 바쿠,
> 바람의 마을.
> 잔잔해진 카스피해의 파도를 바라보며
> 막 지나간 사막의 모래 폭풍을 생각한다.
> 역사상
> 알렉산더가, 징키스칸이, 아미르 티무르가
> 아니 오스만이
> 실은

사막에 몰아닥친 폭풍이 아니었더냐.
날씨가 개니 모두 한바탕 장난이었다,
바람이 친 한바탕 역사의
우스개 장난이었다.

— 〈카스피해에서〉 중에서

　"바람"과 "폭풍"은 순간적 현실이지만, 영원한 현실은 "날씨
가 개"인 다음에 드러난다. 실크로드는 인류가 서로 없는 것을
구하고, 있는 것을 나누어주는 '교제'의 공간이다. 그 교제를 통
해 인류는 서로의 안으로 스며 들어갔다. 그러니 그 모든 전쟁과
이념은 이 즐거운 교제와 환대를 끊는 폭력이다. 그것은 '폭풍'
처럼 몰아치지만, 시간의 칼날 아래에서 모두 사라진다. 영원한
것은 뒤섞이고 스며든 거대한 '인류', 그리고 그들 간의 사소하
지만 아름다운 만남들밖에 없다. 오세영 시인은 단독자로서 실
크로드의 시간과 공간을 횡단하면서 장소들 안에 얼룩진 무수
한 '지문地文'들을 한장 한장 넘긴다. 그것의 기록이 이 시집이다.
인류여, 우리는 서로 같으니 서로 환대하라. 그것이 오세영 시인
의 전언傳言이다.

황금 모피를 찾아서

실크로드 시편

1판 1쇄 인쇄 2021년 8월 23일
1판 1쇄 발행 2021년 9월 1일

지은이   오세영

펴낸이   임지현
펴낸곳   (주)문학사상
주소   경기도 파주시 회동길 363-8, 201호(10881)
등록   1973년 3월 21일 제1-137호

전화   031)946-8503
팩스   031)955-9912
홈페이지 www.munsa.co.kr
이메일   munsa@munsa.co.kr

ISBN 978-89-7012-520-6 (03810)

＊잘못된 책은 구입처에서 교환해드립니다.
＊가격은 뒤표지에 있습니다.